AF303315

Tucholsky Wagner Zola Scott Sydow Freud Schlegel
Turgenev Fonatne Wallace
Twain Walther von der Vogelweide Fouqué Friedrich II. von Preußen
Weber Freiligrath Frey
Fechner Weiße Rose von Fallersleben Kant Ernst Frommel
Fichte Richthofen
Engels Fielding Hölderlin
Fehrs Faber Flaubert Eichendorff Tacitus Dumas
Eliasberg Ebner Eschenbach
Feuerbach Maximilian I. von Habsburg Fock Zweig Vergil
Ewald Eliot
Goethe Elisabeth von Österreich London
Mendelssohn Balzac Shakespeare Dostojewski Ganghofer
Lichtenberg Rathenau Doyle Gjellerup
Trackl Stevenson Hambruch
Mommsen Tolstoi Lenz Droste-Hülshoff
Thoma Hanrieder
von Arnim Hägele Hauff Humboldt
Dach Verne
Reuter Rousseau Hagen Hauptmann Gautier
Karrillon Garschin
Defoe Hebbel Baudelaire
Damaschke Descartes
Hegel Kussmaul Herder
Wolfram von Eschenbach Schopenhauer
Darwin Dickens Rilke George
Bronner Melville Grimm Jerome
Campe Horváth Aristoteles Bebel Proust
Bismarck Vigny Barlach Voltaire Federer Herodot
Gengenbach Heine
Storm Casanova Tersteegen Grillparzer Georgy
Chamberlain Lessing Langbein Gilm Gryphius
Brentano Lafontaine
Strachwitz Claudius Schiller Kralik Iffland Sokrates
Katharina II. von Rußland Bellamy Schilling
Gerstäcker Raabe Gibbon Tschechow
Löns Hesse Hoffmann Gogol Wilde Vulpius
Luther Heym Hofmannsthal Glelin
Roth Klee Hölty Morgenstern
Heyse Klopstock Kleist Goedicke
Luxemburg Puschkin Homer Mörike
La Roche Horaz Musil
Machiavelli Kierkegaard Kraft Kraus
Navarra Aurel Musset
Nestroy Marie de France Lamprecht Kind Kirchhoff Hugo Moltke
Laotse Ipsen Liebknecht
Nietzsche Nansen Ringelnatz
Marx Lassalle Gorki Klett Leibniz
von Ossietzky May vom Stein Lawrence Irving
Petalozzi Knigge
Platon Pückler Michelangelo Kafka
Sachs Poe Liebermann Kock Korolenko
de Sade Praetorius Mistral Zetkin

Der Verlag tredition aus Hamburg veröffentlicht in der Reihe **TREDITION CLASSICS** Werke aus mehr als zwei Jahrtausenden. Diese waren zu einem Großteil vergriffen oder nur noch antiquarisch erhältlich.

Symbolfigur für **TREDITION CLASSICS** ist Johannes Gutenberg (1400 — 1468), der Erfinder des Buchdrucks mit Metalllettern und der Druckerpresse.

Mit der Buchreihe **TREDITION CLASSICS** verfolgt tredition das Ziel, tausende Klassiker der Weltliteratur verschiedener Sprachen wieder als gedruckte Bücher aufzulegen – und das weltweit!

Die Buchreihe dient zur Bewahrung der Literatur und Förderung der Kultur. Sie trägt so dazu bei, dass viele tausend Werke nicht in Vergessenheit geraten.

Ueber die Erhaltung der Kraft

Hermann von Helmholtz

Impressum

Autor: Hermann von Helmholtz
Umschlagkonzept: toepferschumann, Berlin

Verlag: tredition GmbH, Hamburg
ISBN: 978-3-8424-9056-7
Printed in Germany

Hermann von Helmholtz

Ueber die Erhaltung der Kraft

Einleitung zu einem Cyclus von Vorlesungen, gehalten zu Karlsruhe im Winter 1862/63

Hochgeehrte Versammlung!

Indem ich es übernommen habe, vor Ihnen hier eine Reihe von Vorträgen zu halten, betrachte ich es als meine wesentlichste Aufgabe, Ihnen, so gut ich es kann, an einem passend gewählten Beispiele eine Anschauung von dem eigenthümlichen Charakter derjenigen Wissenschaften zu geben, deren Studium meine Lebensaufgabe ist. Die Naturwissenschaften haben theils durch ihre praktischen Anwendungen, theils durch ihren geistigen Einfluss in den letzten vier Jahrhunderten sämmtliche Verhältnisse des Lebens der civilisirten Nationen in hohem Grade und mit steigender Geschwindigkeit umgeformt. Sie haben diesen Nationen so viel Zuwachs an Reichthum, Lebensgenuss, Sicherung der Gesundheit, an Mitteln des industriellen und geselligen Verkehrs, selbst an politischer Macht gegeben, dass jeder Gebildete, welcher die treibenden Kräfte der Welt, in der er lebt, zu verstehen sucht, auch wenn er sich nicht in das Studium der Specialitäten vertiefen mag, Interesse für die eigenthümliche Art der geistigen Arbeit haben muss, die in den genannten Wissenschaften wirkt und schafft.

Ich habe die charakteristischen Unterschiede in der Art der wissenschaftlichen Arbeit, die zwischen den Natur- und Geisteswissenschaften bestehen, schon bei einer früheren Gelegenheit erörtert[1] . Ich habe dort zu zeigen versucht, dass es namentlich die durchgreifende und verhältnissmässig leicht darzulegende Gesetzlichkeit der

---

[1] Siehe die vorhergehende Vorlesung über das Verhältniss der Naturwissenschaft zur Gesammtheit der Wissenschaft.

Naturerscheinungen und Naturproducte ist, die den Unterschied bedingt. Nicht als ob ich die Gesetzlichkeit der Erscheinungen des psychischen Lebens in den Individuen und Völkern damit leugnen wollte, wie sie das Object der philosophischen, philologischen, historischen, moralischen, socialen Wissenschaften ausmachen. Aber im geistigen Leben ist das Gewebe der in einander greifenden Einflüsse so verwickelt, dass eine klare Gesetzlichkeit desselben nur selten bestimmt nachzuweisen ist. Umgekehrt in der Natur. Für viele und ausgedehnte Reihen von Naturerscheinungen ist es gelungen, das Gesetz ihres Ursprungs und Ablaufs genau und vollständig aufzufinden. Wir können mit der grössten Sicherheit auch ihren künftigen Eintritt voraussagen, oder, wo wir über die Bedingungen ihres Eintretens Gewalt haben, sie genau nach unserem Willen ablaufen lassen. Das grösste aller Beispiele dafür, wie viel der menschliche Verstand mittelst eines wohlerkannten Gesetzes den Naturerscheinungen gegenüber leisten kann, ist die moderne Astronomie. Das eine einfache Gravitationsgesetz regiert nicht nur die Bewegungen der himmlischen Körper unseres Planetensystemes, sondern auch die weit entfernten Doppelsterne, von denen selbst der schnellste aller Boten, der Lichtstrahl, Jahre braucht, ehe er zu unserem Auge gelangt. Eben wegen dieser einfachen Gesetzlichkeit lassen sich die Bewegungen der genannten Körper, trotz aller Complication der Rechnung, bis auf Bruchtheile einer Minute, genau voraus- und zurückberechnen, auf Jahre und Jahrhunderte hinaus. Auf dieser genauen Gesetzlichkeit beruht die Sicherheit, mit der wir die ungestüme Kraft des Dampfes zu zähmen und ihn zum gehorsamen Diener unserer Bedürfnisse zu machen wissen. Auf dieser Gesetzlichkeit beruht auch das geistige Interesse, welches den Naturforscher an seinen Gegenstand fesselt. Es ist ein Interesse anderer Art, als das in den Geisteswissenschaften waltende. Hier ist es der Mensch in den verschiedenen Richtungen seiner geistigen Thätigkeit, der uns fesselt. Jede grosse That, von der uns die Geschichte erzählt, jede mächtige Leidenschaft, welche die Kunst darstellt, jede Schilderung der Sitten, der staatlichen Einrichtungen, der Bildung von Völkern ferner Länder oder ferner Zeiten ergreift und interessirt uns, auch wenn wir sie nicht im Zusammenhange der Wissenschaft kennen lernen. Wir finden stets Punkte zur Anknüpfung und Vergleichung in unseren eigenen Vorstellungen und Gefühlen; wir lernen dabei die verborgenen Fähigkeiten und Triebe unserer eigenen Seele kennen, die im gewöhnlichen ruhigen Verlaufe eines civilisirten Lebens unerweckt bleiben.

Es ist nicht zu verkennen, dass diese Art des Interesses den Resultaten der Naturforschung abgeht. Jede einzelne Thatsache für sich genommen, kann allenfalls unsere Neugier, unser Staunen erregen oder uns nützlich sein für praktische Anwendung. Eine geistige Befriedigung aber gewährt erst der Zusammenhang des Ganzen, eben durch seine Gesetzlichkeit. Wir nennen *Verstand* das uns inne wohnende Vermögen, Gesetze zu finden und denkend anzuwenden. Für die Entfaltung der eigenthümlichen Kräfte des reinen Verstandes, nach ihrer ganzen Sicherheit und .ihrer ganzen Tragweite, giebt es keinen geeigneteren Tummelplatz, als die Naturforschung im weiteren Sinne, die Mathematik mit eingeschlossen. Und es ist nicht nur die Freude an der erfolgreichen Thätigkeit eines unserer wesentlichsten Geistesvermögen oder an der siegreichen Unterwerfung der uns theils fremd, theils feindlich gegenüberstehenden Aussenwelt unter die Kräfte unseres Denkens und unseres Willens, welche diese Arbeit lohnend macht, sondern es tritt eine Art, ich möchte sagen, künstlerischer Befriedigung ein, wenn wir den ungeheuren Reichthum der Natur als gesetzmässig geordnetes Ganzes, als Kosmos, als Spiegelbild des gesetzmässigen Denkens unseres eigenen Geistes zu überschauen vermögen.

Die letzten Jahrzehnte der naturwissenschaftlichen Entwickelung haben uns zur Erkenntniss eines neuen allgemeinen Gesetzes aller Naturerscheinungen geführt. Es ist wegen seiner ausserordentlich ausgedehnten Tragweite und wegen des Zusammenhanges, den es zwischen den Naturerscheinungen aller Art, auch der fernsten Zeiten und der fernsten Orte, nachweist, besonders geeignet, Ihnen eine Anschauung von dem Charakter der Naturwissenschaften zu geben. Darum habe ich es zum Gegenstande dieser Vorlesungen gewählt.

Dieses Gesetz heisst das *Gesetz von der Erhaltung der Kraft*, ein Name, dessen Sinn ich Ihnen zu erklären haben werde. Es ist nicht absolut neu. Für beschränkte Gebiete von Naturerscheinungen war es schon während des vorigen Jahrhunderts von *Newton* und *Bernoulli* ausgesprochen worden; wesentliche Züge seiner weiteren Ausdehnung in der Wärmelehre hatten *Rumford* und *Humphrey*

Davy erkannt. Die Möglichkeit seiner allgemeinsten Gültigkeit sprach zuerst ein schwäbischer Arzt, Dr. *Julius Robert Mayer*, im Jahre 1842[2] aus, während beinahe gleichzeitig und unabhängig von ihm der englische Techniker *James Prescott Joule* in Manchester eine Reihe wichtiger und schwieriger Versuche über das Verhältniss der Wärme zur mechanischen Kraft durchführte, welche. dazu dienten, die Hauptlücken, in denen die Vergleichung der neuen Theorie mit der Erfahrung noch mangelhaft war, auszufüllen.

Das Gesetz, von dem die Rede ist, sagt aus, dass *die Quantität der in dem Naturganzen vorhandenen wirkungsfähigen Kraft unveränderlich* sei, weder vermehrt noch vermindert werden könne. Meine erste Aufgabe wird sein, Ihnen auseinanderzusetzen, was man unter *Quantität der Kraft*, oder mit Beziehung auf die technischen Anwendungen des Begriffes, populärer gesagt, was man unter *Grösse der Arbeit* in mechanischem Sinne versteht.

Der Begriff der Arbeit für Maschinen oder Naturprozesse ist aus dem Vergleich mit den Leistungen des Menschen hergenommen, und wir können uns daher am besten an der Arbeit des Menschen die wesentlichen Verhältnisse anschaulich machen, auf die es hierbei ankommt. Wenn wir von Arbeit der Maschinen und der Naturkräfte reden, so müssen wir in diesem Vergleiche natürlich von allem absehen, was sich an Thätigkeit der Intelligenz in die Arbeit des Menschen einmischt. Der Mensch ist einer harten und angestrengten Arbeit des Denkens fähig, die ebenso gut ermüdet, wie die Arbeit der Muskeln. Was in der Arbeit der Maschinen von Wirkungen der Intelligenz vorkommt, gehört jedoch dem Geiste ihres Erbauers an, und kann dem Werkzeuge nicht als Arbeit angerechnet werden.

Die äusserliche Arbeit der Menschen ist von der mannigfaltigsten Art, was Kraft oder Leichtigkeit, Form und Schnelligkeit der dazu gebrauchten Bewegungen, und was die Art der dadurch geförderten Werke betrifft. Aber sowohl der Arm des Grobschmiedes, der schwere Schläge mit dem mächtigen Hammer führt, wie der des

---

[2] Bemerkungen über die Kräfte der unbelebten Natur in Liebig's Annalen XLII; weiter ausgeführt in: Die organische Bewegung in ihrem Zusammenhange mit dem Stoffwechsel. Heilbronn 1845; Beiträge zur Dynamik des Himmels. Ebenda 1848.

Violinspielers, der die leisesten Abänderungen des Klanges zu erreichen weiss, und die Hand der Stickerin, welche mit Fäden, die an der Grenze des Sichtbaren liegen, ihr feines Werk ausführt: sie Alle empfangen die Kraft, welche sie bewegt, auf die gleiche Weise und durch dieselben Organe, nämlich durch die im Arme gelegenen Muskeln. Ein Arm, dessen Muskeln gelähmt sind, ist unfähig, irgend welche Arbeit zu leisten; die Bewegungskraft der Muskeln muss in ihm wirksam sein, und die Muskeln müssen den Nerven, die ihnen Befehle vom Gehirn zuführen, gehorchen können; dann ist das Glied der mannigfachsten Bewegungen fähig, dann kann es die mannigfachsten Werkzeuge regieren, um die verschiedenartigsten Werke auszuführen.

Ganz ähnlich verhält es sich mit den Maschinen; sie werden von uns zu den verschiedenartigsten Verrichtungen gebraucht, wir bringen durch sie eine unendliche Mannigfaltigkeit von Bewegungen hervor, mit den verschiedensten Graden von Kraft oder Schnelligkeit, von den mächtigen Hammer- und Walzwerken ab, wo Eisen wie eine weiche Masse geschnitten und geformt wird, bis zu den Spinn- und Webemaschinen, deren Arbeit mit dem Werke der Spinnen wetteifert. Die moderne Technik besitzt die reichste Auswahl von Mitteln, um die Bewegung umrollender Räder auf andere Räder mit vermehrter oder verminderter Geschwindigkeit zu übertragen; um die rotirenden Bewegungen der Räder in die hin- und hergehenden Bewegungen der Pumpenstempel, der Webeschiffchen, der fallenden Hämmer und Stampfen zu verwandeln, oder umgekehrt letztere in erstere; oder um Bewegungen von gleichförmiger Geschwindigkeit in solche von veränderlicher zu verwandeln und so fort. Dadurch wird diese reiche Anwendbarkeit der Maschinen für die verschiedenen Zweige der Industrie gewonnen. Bei aller Mannigfaltigkeit ist ihnen aber allen eines gemein: sie bedürfen alle einer *Triebkraft*, die sie in Bewegung setzt und erhält, wie die Werke der menschlichen Hand alle der Bewegungskraft der Muskeln bedürfen. Nun bedarf die Arbeit des Schmiedes einer viel grösseren und intensiveren Anstrengung der Muskeln, als die des Violinspielers, und dem entsprechen bei den Maschinen ähnliche Unterschiede in der Gewalt und Ausdauer der erforderlichen Bewegungskraft. Diese Unterschiede, welche dem verschiedenen Grade der Anstrengung der Muskeln bei der menschlichen Arbeit entsprechen, sind es allein, an welche zu denken ist, wenn wir von der *Grösse der Arbeit* einer Maschine reden. Es wird also bei diesem Begriffe von aller Mannigfaltigkeit der Wirkungen und Verrichtungen, die die Maschinen leisten, abgesehen, und nur an den Aufwand von Kraft gedacht.

Dieser uns geläufige Ausdruck: ›Aufwand von Kraft‹, der andeutet, dass die verwendete Kraft ausgegeben und verloren wird, führt uns zu einer weiteren charakteristischen Analogie zwischen den Leistungen des menschlichen Armes und denen der Maschinen. Je grösser die Anstrengung, und je länger deren Dauer, desto mehr ermüdet der menschliche Arm, desto mehr *wird der Vorrath seiner Bewegungskraft zeitweise erschöpft*. Wir werden sehen, dass diese Eigenheit, durch die Arbeit erschöpft zu werden, auch den Triebkräften der unorganischen Natur zukommt; ja, dass die Ermüdungsfähigkeit des menschlichen Armes nur eine von den Folgen des allgemeinen Gesetzes ist, mit dem wir es zu thun haben. Bei eingetretener Ermüdung ist unseren Muskeln Erholung nöthig; diese gewinnen wir durch Ruhe und Nahrung. Wir werden auch bei den unorganischen Triebkräften, wenn ihre Leistungsfähigkeit erschöpft ist, die Möglichkeit der Herstellung finden, wenn auch im Allgemeinen andere Mittel dazu angewendet werden müssen, als für den Arm des Menschen.

Wir können durch das Gefühl der Anstrengung und Ermüdung in unseren Muskeln uns wohl im Allgemeinen eine Anschauung bilden von dem, was unter der Grösse der Arbeit zu verstehen ist Zunächst müssen wir uns aber an Stelle der unbestimmten. Schätzung, welche dieser Vergleich ergiebt, einen klaren und scharfen Begriff von dem Maasse bilden, nach welchem wir die Grösse der Arbeit zu messen haben.

Das können wir besser an den einfachsten unorganischen Triebkräften ersehen als an den Leistungen unserer Muskeln, die ein zusammengesetzter Apparat von äusserst verwickelter Wirkungsweise sind.

Lassen wir die uns am besten bekannte und einfachste Kraft, die Schwere, als Triebkraft wirken. Sie wirkt zum Beispiel als solche in den Wanduhren, welche durch ein Gewicht getrieben werden. Dieses Gewicht, an einem Faden befestigt, der um eine mit dem ersten

Zahnrade der Uhr verbundene Rolle geschlungen ist, kann dem Zuge der Schwere nicht folgen, ohne das ganze Uhrwerk dabei in Bewegung zu setzen. Nun bitte ich Sie, auf folgende Punkte zu achten: Das Gewicht kann die Uhr nicht in Bewegung setzen, ohne dass es dabei mehr und mehr herabsinkt. Wenn es sich selbst nicht bewegte, würde es auch die Uhr nicht bewegen können, und seine Bewegung kann dabei nur eine solche sein, welche dem Zuge der Schwere folgt. Also, wenn die Uhr gehen soll, muss das Gewicht immer tiefer und tiefer, und endlich so weit sinken, dass die Schnur, die es trägt, abgelaufen ist; dann bleibt die Uhr stehen, dann ist die Leistungsfähigkeit des Gewichtes vorläufig erschöpft. Seine Schwere ist nicht verloren oder vermindert; es wird nach wie vor in gleichem Maasse von der Erde angezogen; aber die Fähigkeit dieser Schwere, Bewegungen des Uhrwerks hervorzubringen, ist verloren gegangen. Sie kann das Gewicht jetzt nur noch in dem tiefsten Punkte seiner Bahn ruhig festhalten; sie kann es nicht weiter in Bewegung setzen.

Wir können aber die Uhr aufziehen durch die Kraft unseres Armes, wobei das Gewicht wieder emporgehoben wird. So wie das geschehen ist, hat es seine frühere Leistungsfähigkeit wieder erlangt, und kann die Uhr wieder in Bewegung erhalten. Wir lernen daraus, dass ein gehobenes Gewicht eine *Triebkraft* besitzt; dass es aber, wenn diese Triebkraft wirken soll, nothwendig sinken muss; dass durch das Herabsinken die Triebkraft erschöpft wird; dass aber durch Anwendung einer anderen fremden Triebkraft, nämlich der unseres Armes, die Wirksamkeit wieder hergestellt werden kann.

Die Arbeit, welche das Gewicht leistet, um die Uhr in Gang zu halten, ist freilich nicht gross. Es hat die kleinen Widerstände welche die Reibung der Axen und Zähne, sowie der Luftwiderstand der Bewegung der Räder entgegensetzen, fortdauernd zu überwinden und es hat die Kraft für die kleinen Stösse und Schallerschütterungen herzugeben, welche das Pendel bei jeder Schwingung hervorbringt. Nimmt man das Gewicht von der Uhr ab, so schwankt allerdings das Pendel noch eine Weile hin und her, ehe es zur Ruhe kommt, aber seine Bewegung wird schwächer und schwächer und hört endlich ganz auf, indem sie durch die genannten kleinen Hindernisse allmählich aufgezehrt wird. Eben deshalb ist eine, wenn auch kleine, aber fortdauernd wirkende Triebkraft nöthig, um die Uhr in Gang zu erhalten. Eine solche giebt das Gewicht.

Uebrigens ergiebt sich an diesem Beispiel schon leicht ein Maass für die Grösse der Arbeit. Nehmen wir an, eine Uhr würde getrieben durch ein Gewicht von einem Pfund, welches in 24 Stunden fünf Fuss herabsinkt. Hängen Sie zehn solche Uhren von gleicher Construction auf, jede mit einem Pfundgewicht, so werden diese zehn Uhren 24 Stunden lang getrieben; also, da jede dieselben Widerstände in gleicher Zeit zu überwinden hat, so wird die zehnfache Arbeit verrichtet, indem zehn Pfunde um fünf Fuss herabsinken. Wir schliessen daraus, dass bei gleichbleibender Fallhöhe die Arbeit im Verhältniss des Gewichtes wachse.

Wenn wir nun aber den Faden so viel länger machen, dass das Gewicht zehn Fuss abläuft, so wird die Uhr nicht einen, sondern zwei Tage gehen; bei doppelter Fallhöhe wird das Gewicht am zweiten Tage noch einmal dieselben Widerstände überwinden, wie am ersten Tage, es wird also im Ganzen eine doppelt so grosse Arbeit leisten, als wenn es nur fünf Fuss fallen kann. Bei demselben Gewichte wächst also die Arbeit auch wie die Fallhöhe. Daraus folgt, dass wir das Product aus der Grösse des Gewichtes und der Höhe, durch welche es herabsinken kann, zunächst in dem besprochenen Falle, als Maass der Arbeit betrachten müssen. Die Anwendung dieses Maasses ist aber nicht auf den einzelnem Fall beschränkt, sondern das allgemeine von den Technikern angewendete Maass, wodurch man Arbeitsgrössen misst, ist ein Fusspfund, d. h. die Arbeit, welche ein Pfund, gehoben um einen Fuss, hervorbringen kann.[3]

Wir können dieses Maas der Arbeitskraft ganz allgemein auf alle Arten von Maschinen anwenden, weil wir jede Maschine durch ein hinreichendes Gewicht, das eine Rolle bewegt, in Bewegung zu setzen vermögen. Somit können wir die Grösse jeder Triebkraft für eine jede beliebige Maschine immer durch die Grösse und die Fallhöhe eines solchen Gewichtes ausdrücken, wie es nöthig sein würde, um die Maschine bei ihren Verrichtungen in Bewegung zu er-

---

[3] Das oben genannte ist das technische Maass der Arbeit; um es in das wissenschaftliche Maass zu verwandeln, müssen wir es noch mit der Intensität der Schwere multipliciren.

12

halten, bis sie eine gewisse Arbeit geleistet hat. Eben deshalb ist die Messung der Arbeitskräfte nach Fusspfunden allgemein anwendbar. Die Anwendung eines Gewichtes als Triebkraft wäre freilich nicht praktisch vortheilhaft in denjenigen Fällen, wo wir gezwungen wären, dasselbe durch die eigene Kraft unseres Armes emporzuheben; dann würden wir einfacher die Maschine selbst unmittelbar mit dem Arm in Bewegung setzen. Bei der Uhr wenden wir ein Gewicht an, um nicht selbst den ganzen Tag am Räderwerk zu stehen, wie wir dies thun müssten, wenn wir sie direct bewegen wollten. Indem wir die Uhr aufziehen, speichern wir einen Vorrath von Arbeitskraft in ihr auf, der für die Ausgabe in den nächsten 24 Stunden genügt.

Fig. 13.

Etwas anderes ist es, wenn die Natur, selbst die Gewichte in die Höhe schafft, die für uns arbeiten. Sie thut das nicht mit festen Körpern, wenigstens nicht so regelmässig, dass wir sie benutzen könnten, wohl aber in reichlichem Maasse mit dem Wasser, welches durch meteorologische Prozesse auf die Höhe der Berge geschafft wird, und diesen wieder entströmt. Die Schwere des Wassers benutzen wir als Triebkraft in den Wassermühlen; am directesten bei den sogenannten oberschlächtigen Wasserrädern, wie in Fig. 13 ein solches dargestellt ist. Diese tragen längs ihres Umfangs eine Reihe von Kästen, die als Wassergefässe dienen und die mit ihrer Mündung auf der dem Beschauer zugekehrten Seite des Rades nach oben, auf der anderen, abgewendeten Seite nach unten stehen. Das Wasser fliesst von oben bei M in die Kästen der vorderen Seite des Rades ein, bei F_1, wo die Mündung der Kästen anfängt, sich nach unten zu neigen, fliesst es aus. Die Kästen des Radumfangs sind also gefüllt an der dem Beschauer zugekehrten, leer an der entgegengesetzten Seite; die ersteren sind beschwert durch das darin enthaltene Wasser, die letzteren nicht. Das Gewicht des Wassers wirkt also fortdauernd nur auf die eine Seite des Rades, zieht diese herab, und setzt dadurch das Rad in Drehung; die andere Seite des Rades leistet keinen Widerstand, weil sie kein Wasser enthält. Es ist auch hier das Gewicht des herabsinkenden Wassers, welches die Mühle in Bewegung setzt und die Triebkraft liefert. Es leuchtet ein, dass das Wassergewicht, welches die Mühle treibt, nothwendig herabsinken muss, um sie zu treiben, und dass es, wenn es unten angekommen ist, von seiner Schwere zwar nicht das Geringste verloren hat, dessen ungeachtet aber nicht mehr in der Lage ist, das Wasserrad treiben zu können, wenn es nicht durch die Kraft des menschlichen Armes oder durch eine andere Naturkraft wieder in den oberen Theil seines Laufes hinaufgeschafft wird. Kann es vom unteren Theile des Mühlgrabens zu tieferen Stellen des Terrains hinabfliessen, so kann es auch noch weiter gebraucht werden, um andere Mühlräder zu treiben. Ist es endlich an der tiefsten Stelle seines Laufes, im Meere, angekommen, so ist der letzte Rest seiner Arbeitskraft erschöpft, den es der Schwere, das heisst der Anziehung der Erde, verdankt. Es kann durch sein Gewicht nicht wieder arbeiten, ehe es nicht wieder zur Höhe hinaufgeschafft wird. Da dies wirklich durch die meteorologischen Prozesse geschieht, so bemerken Sie, dass wir auch diese als Quellen von Arbeitskraft zu betrachten haben.

Die Wasserkraft war die erste unorganische Kraft, welche die Menschen an Stelle der eigenen oder der Kraft ihrer Hausthiere zur Arbeit zu benutzen lernten. Nach *Strabo* war sie schon dem wegen seiner Naturkenntnisse berühmten König *Mithridates* von Pontus bekannt, neben dessen Palast sich ein Wasserrad befunden haben soll. Bei den Römern wurde ihre Anwendung in der Zeit der ersten Kaiser eingeführt. Noch jetzt finden wir Wassermühlen in allen Gebirgsthälern und überall, wo es schnellfliessende und regelmässig gefüllte Bäche und Ströme giebt. Wasserkraft wird zu allen Zwecken gebraucht, welche durch Maschinen zu erreichen sind, und für welche sie den hinreichenden Vorrath von Arbeitskraft liefern kann. Sie treibt Mühlen, Sägewerke, Hammer- und Stampfwerke, Spinnmaschinen, Webestühle etc. Sie ist die billigste von allen Triebkräften, sie fliesst fortdauernd aus dem unerschöpflichen Vorrathe der Natur dem Menschen von selbst zu; aber sie ist an den Ort geheftet, und ist nur in bergigen Gegenden reichlich vorhanden.

Ehe wir nun zur Besprechung anderer Triebkräfte übergehen, muss ich einem Zweifel begegnen, der sich leicht aufdrängen könnte. Wir wissen Alle, dass es mancherlei Maschinen giebt, wie Flaschenzüge, Hebel, Krahne, mit deren Hülfe man schwere Lasten unter verhältnissmässig geringer Kraftanstrengung in die Höhe schaffen kann. Wir Alle sind oft Zeuge gewesen, dass ein einzelner Arbeiter einen schweren Stein auf ein hohes Gebäude hinaufwand, welchen direct zu heben er völlig ausser Stande gewesen wäre; ebenso, dass ein oder zwei Mann mittelst eines Krahnes die grössten und schwersten Kisten aus Schiffen zum Quai hinaufschafften. Wenn man nun ein grosses und schweres Gewicht zum Treiben einer Maschine anwendet, sollte es nicht möglich sein, dieses mittelst eines Flaschenzuges oder Krahnes mit leichter Mühe wieder in die Höhe zu schaffen, so dass es von Neuem als Triebkraft dienen könnte und damit eine grosse Triebkraft zu gewinnen, ohne eine entsprechende Anstrengung bei der Hebung des Gewichtes aufzuwenden?

Darauf ist zu antworten, dass in demselben Maasse, wie diese Instrumente die Anstrengung für den Augenblick erleichtern, sie diese auch verlängern, so dass mit ihrer Hülfe schliesslich an Arbeitskraft nichts gewonnen wird.

Nehmen wir an, vier Arbeiter hätten mittelst eines Seils, das über eine einfache Rolle geht, eine Last von vier Centnern zu heben. Jedes Mal, wenn sie den Strick um vier Fuss herabziehen, steigt auch die Last um vier Fuss. Nun hänge man zum Vergleich dieselbe Last an einen Flaschenzug von vier Rollen (s. Fig. 14, a. f. S.). Jetzt wird ein Arbeiter im Stande sein, mit derselben Kraftanstrengung, die vorher jeder Einzelne der vier Arbeiter aufwenden musste, die Last in die Höhe zu schaffen. Aber wenn er das Seil am Flaschenzuge um vier Fuss herabzieht, so steigt die Last nur um einen Fuss, weil die Länge, um die er das Seil bei *a* herabzieht, sich in dem Flaschenzuge auf vier Seile gleichmässig vertheilen muss, so dass jedes Seil sich nur um ein Viertel jener Länge verkürzt. Um die Last zu derselben Höhe zu schaffen, muss also der Einzelne nothwendig viermal so lange arbeiten, als die vier Männer zusammen. Der Gesammtaufwand von Arbeit aber ist gleich, ob vier Arbeiter eine Viertelstunde, oder ob ein Arbeiter eine Stunde arbeitet.

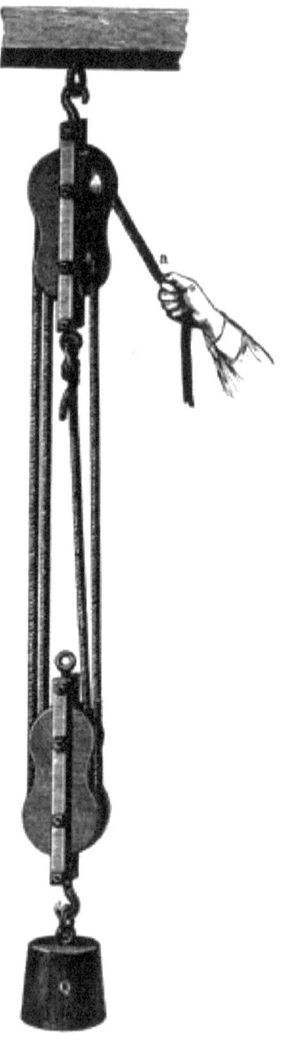

Fig. 14.

Um hierbei statt der menschlichen Arbeit die Arbeit eines Gewichtes einzuführen, hängen wir unten an den Flaschenzug die Last von 400 Pfund und an das Seil bei *a*, wo sonst die Arbeiter ziehen, ein Gewicht von 100 Pfd. Dann ist der Flaschenzug im Gleichgewicht, und kann ohne eine in Betracht kommende Anstrengung des Armes in Bewegung gesetzt werden. Das Gewicht von 100 Pfund sinkt, das von 400 Pfund steigt. Wir haben also, ohne in Betracht kommenden sonstigen Kraftaufwand, das schwere Gewicht gehoben, indem wir das leichte herabsinken liessen. Aber achten Sie auch darauf, dass das leichte Gewicht um eine viermal so lange Strecke herabstieg, als das schwere in die Höhe ging. Hundert Pfund mal vier Fuss Fallhöhe ist ebenso gut gleich vierhundert Fusspfund, als vierhundert Pfund, mal ein Fuss Höhe.

Aehnlich wie die Flaschenzüge wirken die Hebel in allen ihren verschiedenen Abänderungen. Es sei *ab* (Fig. 15) ein einfacher doppelarmiger Hebel, der bei *c* unterstützt ist, und dessen Arm *cb* viermal so lang ist als der andere *ac*. Hängen wir an das Ende *b* ein Gewicht von einem Pfunde, an das Ende *a* ein solches von vier Pfunden, so, ist der Hebel im Gleichgewicht, und der leiseste Fingerdruck genügt, um ihn ohne wesentliche Kraftanstrengung in die Lage *a'b'* zu bringen, wo das schwere Gewicht von vier Pfund gehoben, und dafür das leichtere von einem Pfund gesunken ist. Aber bemerken Sie wohl, auch hier ist dadurch keine Arbeit gewonnen; denn wenn das schwere Gewicht um einen Zoll gestiegen ist, ist das leichtere um vier Zoll gesunken, und vier -Pfund mal ein Zoll ist als Arbeit äquivalent dem Product von einem Pfund mal vier Zoll.

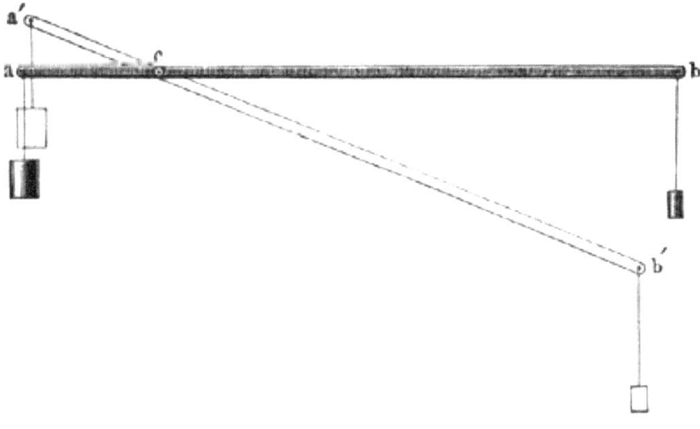

Fig. 15.

Die meisten anderen festen Maschinentheile lassen sich als veränderte und zusammengesetzte Hebel ansehen. Ein Zahnrad ist z. B. wie eine Reihe von Hebeln, deren Enden durch die einzelnen Zähne dargestellt werden und von denen einer nach dem anderen in Wirksamkeit gesetzt wird, in dem Maasse, als der betreffende Zahn das benachbarte Getriebe fasst oder von ihm gefasst wird. Nehmen Sie z. B. die in Fig. 16 (a. f. S.) abgebildete Winde. Der Trieb, der an der Axe der Kurbel sitzt, habe zwölf Zähne, das Zahnrad *HH* aber 72 Zähne, also sechsmal so viel als der Trieb. Man wird die Kurbel sechsmal umdrehen müssen, ehe das Zahnrad *H* und die daran befestigte Welle *D* eine Umdrehung gemacht haben, und ehe der Strick, der die Last hebt, um eine Strecke, die dem Umfang der Welle gleich ist, sich gehoben hat. So braucht der Arbeiter sechsmal so viel Zeit, aber auch nur den sechsten Theil von derjenigen Kraft, die er anwenden müsste, wenn die Kurbel direct an der Axe der Welle *D* angebracht wäre. Bei allen diesen Maschinen und Maschinenteilen finden wir es immer wieder bestätigt, dass in dem Maasse, als die Geschwindigkeit der Bewegung steigt, ihre Kraft abnimmt, und dass, wenn die Kraft steigt, die Geschwindigkeit abnimmt, die Grösse der Arbeit dadurch aber niemals vermehrt wird.

Fig. 16.

An den vorher beschriebenen oberschlächtigen Mühlrädern wirkt das Wasser durch sein Gewicht. Wir haben noch eine andere Form von Mühlrädern, die sogenannten unterschlächtigen, wie Fig. 17 ein solches darstellt, bei denen das Wasser nur durch seinen Stoss wirkt. Man braucht sie da, wo das Wasser nicht aus genügender Höhe herabkommt, um auf den oberen Theil des Rades zu fliessen. Unterschlächtige Räder lässt man mit dem unteren Theil in das strömende Wasser eintauchen, das gegen ihre Schaufeln stösst und sie mitnimmt. Solche Räder werden auch in schnell strömenden Flüssen mit kaum merkbarem Gefalle, z. B. im Rheine, angewendet. In der unmittelbaren Nachbarschaft eines solchen Rades braucht das Wasser nicht nothwendig einen erheblichen Fall zu haben, wenn es nur mit einer erheblichen Geschwindigkeit dort ankommt. Hier ist es die Geschwindigkeit des Wassers, welche wirkt. Sie bringt den Stoss desselben gegen die Radschaufeln hervor und liefert die Arbeitskraft.

Ein anderes Beispiel für eine solche Wirkung der Geschwindigkeit ist die Windmühle, wie man sie in den grossen Ebenen Norddeutschlands und Hollands anwendet, um den Mangel fallenden Wassers zu ersetzen. Da ist es die bewegte Luft, der Wind, welcher die Flügel der Mühlen umtreibt. Ruhende Luft würde eine Windmühle ebenso wenig treiben können, als ruhendes Wasser eine Wassermühle treibt. In der Geschwindigkeit der bewegten Massen liegt hier die Triebkraft.

Fig. 17.

Eine in der Hand ruhende Büchsenkugel ist das harmloseste Ding von der Welt; durch ihre Schwere kann sie keine grosse Wirkung ausüben, während sie, abgeschossen und mit einer grossen Geschwindigkeit begabt, gewaltsam alle Schranken durchbricht.

Wenn ich den Kopf eines Hammers sanft auf einen Nagel auflege, reicht seine geringe Schwere oder der Druck meines Armes auf den Nagel durchaus nicht hin, denselben in das Holz zu pressen. Schwinge ich jedoch den Hammer und lasse ihn mit grosser Geschwindigkeit niederfallen, so bekommt er eine neue Kraft, die viel grössere Hindernisse überwältigen kann.

Diese Beispiele lehren uns die *Geschwindigkeit einer bewegten Masse* als Triebkraft kennen. In der Mechanik heisst die Geschwindigkeit, insofern sie Triebkraft ist und Arbeit verrichten kann, *lebendige Kraft*. Der Name ist nicht glücklich gewählt; er verleitet zu leicht, an die Kraft lebender Wesen zu denken. Auch hier werden Sie an dem Beispiele des Hammers und der Büchsenkugel erkennen, dass die Geschwindigkeit verloren geht, indem sie als arbeitende Kraft auftritt. Bei der Wassermühle oder der Windmühle gehört freilich eine aufmerksamere Untersuchung der bewegten Wasser- und Luftmassen dazu, um die Ueberzeugung zu gewinnen, dass durch die Arbeit, die sie verrichtet haben, ein Theil ihrer Geschwindigkeit verloren gegangen ist.

Am einfachsten und übersichtlichsten ist das Verhältniss der Geschwindigkeit zur Arbeitskraft an einem einfachen Pendel, wie wir es aus jedem Gewichte, das wir an einen Faden hängen, herstellen können. Es sei M, Fig. 18, ein solches Gewicht von kugeliger Form; AB sei eine durch den Mittelpunkt der kugeligen Masse gezogene Horizontallinie; P der obere Befestigungspunkt des Fadens. Wenn ich nun das Gewicht M seitwärts gegen A hinziehe, so bewegt es sich in dem Kreisbogen Ma, dessen Ende a etwas höher liegt als der Punkt A in der Horizontallinie; das Gewicht wird also dabei um die Höhe A gehoben. Eben deshalb muss auch mein Arm eine gewisse Arbeitskraft aufwenden, um das Gewicht nach a zu bringen. Die Schwere widersteht dieser Bewegung und sucht das Gewicht nach dem tiefsten Punkte, den es erreichen kann, nach M zurück zu treiben.

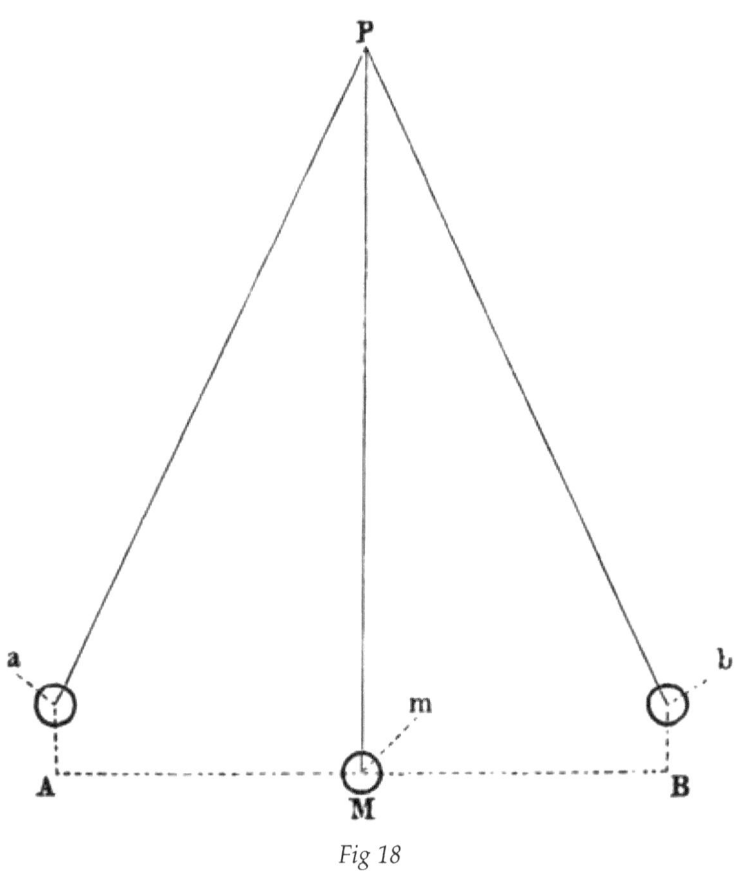

Fig 18

Lasse ich nun das Gewicht los, nachdem ich es bis *a* gebracht habe, so folgt es diesem Zuge der Schwere und geht nach *M* zurück, kommt in *M* mit einer gewissen Geschwindigkeit an, bleibt aber nun nicht mehr ruhig in *M* hängen, wie es vorher that, sondern schwingt über *M* hinaus nach *b* hin und hält hier endlich in seiner Bewegung ein, nachdem es nach der Seite von *B* hin einen ebenso grossen Bogen durchlaufen hat, wie vorher nach der Seite von *A*, und nachdem es um die Strecke *Bb* über die Horizontallinie gestiegen ist, welche der Höhe *Aa*, auf welche der Zug meines Armes es vorher gehoben hatte, gleich ist. In *b* kehrt dann das Pendel um, schwingt auf demselben Wege zurück durch *M* nach *a* und so fort, bis durch Luftwiderstand und Reibung seine Schwingungen allmählich vermindert, endlich vernichtet werden.

Sie sehen hierbei, dass der Grund, warum das Gewicht, wenn es von *a* kommend durch *M* hindurch geht, hier nun nicht ruhen bleibt, sondern, der Wirkung der Schwere entgegen, nach *b* emporsteigt, nur in seiner Geschwindigkeit zu suchen ist. Die Geschwindigkeit, welche es erlangt hat, indem es von der Höhe *Aa* sich herabbewegte, ist fähig, es zur gleichen Höhe *Bb* wieder empor zu heben. Die Geschwindigkeit der bewegten Masse *M* ist also fähig, diese Masse zu heben, d. h. im mechanischen Sinne: Arbeit zu verrichten. Das würde auch der Fall sein, wenn wir dem aufgehängten Gewichte eine solche Geschwindigkeit durch einen Stoss mitgetheilt hätten.

Daraus ergiebt sich denn auch weiter, wie wir die Arbeitskraft der Geschwindigkeit oder, was dasselbe bedeutet, die *lebendige Kraft der bewegten Masse* zu messen haben; sie ist gleichzusetzen der Arbeit, in Fusspfunden ausgedrückt, welche dieselbe Masse leisten kann, nachdem ihre Geschwindigkeit benutzt worden ist, um sie unter möglichst günstigen Umständen zu einer möglichst grossen Höhe zu treiben.[4] Dabei kommt es nicht an auf die Richtung der vorhandenen Geschwindigkeit; denn, wenn wir ein Gewicht an einem Faden herumschwingen lassen, können wir auch eine abwärts gerichtete Bewegung in eine aufwärts gerichtete übergehen lassen.

Die Bewegung des Pendels zeigt uns sehr deutlich, wie die beiden bisher betrachteten Formen der Arbeitskraft, die eines gehobenen Gewichtes und die einer bewegten Masse, in einander übergehen können. In den Punkten *a* und *b*, Fig. 18, hat die Masse keine Geschwindigkeit, ist aber gehoben um die Strecke *Aa* oder *Bb*; in dem Punkte *m* ist sie so weit wie möglich gefallen, hat aber Geschwindigkeit. Indem das Gewicht von *a* nach *m* geht, wird die Arbeit des

---

[4] Das Maass der lebendigen Kraft im Sinne der theoretischen Mechanik ist das halbe Product aus dem Gewichte mit dem Quadrate der Geschwindigkeit. Um es auf das technische Maass der Arbeit zu reduciren, müssen wir es noch durch die Intensität der Schwere (Fallgeschwindigkeit nach Ablauf der ersten Secunde des freien Falles) dividiren.

gehobenen Gewichtes in lebendige Kraft verwandelt; indem das Gewicht weiter von *m* nach *b* geht, wird die lebendige Kraft in die Arbeit eines gehobenen Gewichtes verwandelt. Die Arbeit, welche unser Arm dem Pendel ursprünglich mitgetheilt hat, geht also bei seinen Schwingungen nicht verloren, so lange wir von dem Einflüsse des Luftwiderstandes und der Reibung absehen dürfen; sie vermehrt sich auch nicht, aber sie wechselt fortdauernd die Form ihrer Erscheinung.

Gehen wir nun über zu anderen mechanischen Kräften, denen der *elastischen Körper*. Statt der Gewichte, welche unsere Wanduhren treiben, finden wir in den Stutzuhren und Taschenuhren stählerne Federn, welche beim Aufziehen der Uhr gespannt werden, und, indem sie das Uhrwerk 24 Stunden lang bewegen, sich wieder entspannen. Um die Feder zu spannen, verbrauchen wir Kraft unseres Armes; dieser muss beim Aufziehen die widerstrebende elastische Kraft der Feder, wie bei der Gewichtsuhr die widerstrebende Schwere des Gewichtes, überwinden. Die gespannte Feder aber ist fähig, Arbeit zu verrichten; sie giebt diese ihr mitgetheilte Fähigkeit allmählich wieder aus, indem sie das Werk treibt.

Wenn ich eine Armbrust spanne und sie nachher abschiesse, setzt die gespannte Feder den Bolzen in Bewegung und ertheilt ihm Arbeitskraft in Gestalt von Geschwindigkeit. Um den Bogen zu spannen, muss mein Arm etliche Secunden arbeiten; diese Arbeit wird ausgegeben und auf den Bolzen übertragen in dem Moment des Abschiessens. Bei der Armbrust wird also die ganze Arbeit, welche mein Arm ihr im Verlaufe des Spannens mitgetheilt hat, auf einen ausserordentlich kurzen Zeitpunkt zusammengedrängt; bei der Uhr dagegen wird sie über einen oder mehrere Tage ausgebreitet. In beiden Fällen wird keine Arbeit gewonnen, die nicht mein Arm dem Instrumente ursprünglich mitgetheilt hätte; sie wird nur zweckmässiger verausgabt.

Etwas anderes ist es, wenn ich durch irgend einen anderen Naturprozess bewirken kann, dass ein elastischer Körper in Spannung versetzt wird, ohne dass ich meinen Arm dabei anzustrengen brauche. Das ist in der That möglich, und zwar bieten die Gasarten hierfür die günstigsten Gelegenheiten.

Wenn ich z. B. ein mit Pulver geladenes Gewehr abschiesse, verwandelt sich der grössteTheil von der Masse des verbrennenden Pulvers in Gase von sehr hoher Temperatur, welche sich mächtig auszudehnen streben, und in dem engen Räume, wo sie entstehen, nur durch den heftigsten Druck zusammen gehalten werden können. Indem sie sich gewaltsam ausdehnen, treiben sie die Kugel vor sich her und theilen ihr eine grosse Geschwindigkeit mit, die wir schon als eine Form der Arbeitskraft kennen.

In diesem Falle habe ich also Arbeit gewonnen, die mein Arm nicht geleistet hat; es ist aber etwas anderes dabei verloren gegangen, nämlich das Schiesspulver, dessen Bestandtheile in andere chemische Verbindungen übergegangen sind, aus denen sie nicht so ohne Weiteres in ihren früheren Zustand zurückgeführt werden können. Hier ist also ein chemischer Prozess vor sich gegangen, unter dessen Einfluss wir Arbeitskraft gewonnen haben.

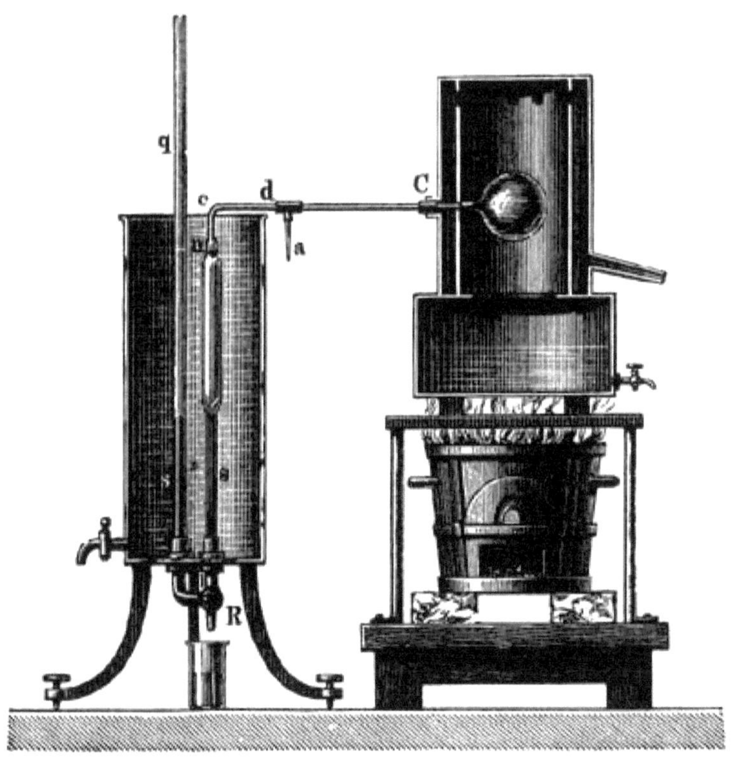

Fig. 19.

In viel grösserem Maasstabe werden elastische Kräfte in Gasen durch die Wärme hervorgebracht.

Fig. 20

Nehmen wir als einfacheres Beispiel atmosphärische Luft. In Fig. 19 ist ein Apparat dargestellt, wie ihn *Regnault* zur Messung der Ausdehnungskraft erwärmter Gase anwendete. Kommt es auf genaue Messungen nicht an, so kann derselbe Apparat viel einfacher eingerichtet werden. Bei *C* ist ein mit trockener Luft gefüllter Glasballon in das Blechgefäss eingeschoben, welches durch die Dämpfe des darin siedenden Wassers erwärmt werden soll. Der Ballon communizirt mit dem U-förmigen, mit einer Flüssigkeit gefüllten Rohre *S s*, dessen Schenkel bei passender Stellung des Hahns *R* mit einander cominuniziren. Ist die Flüssigkeit im Gleichgewicht im Rohre *Ss*, wenn der Ballon kalt ist, so steigt sie im Schenkel *s*, und fliesst schliesslich oben aus, wenn der Ballon erwärmt wird. Stellt man im Gegentheil bei erhitztem Ballon das Gleichgewicht der Flüssigkeit wieder her, dadurch, dass man sie bei *E* theilweise ausfliessen lässt, so wird sie beim Erkalten des Ballons gegen *n* hin angesogen. In beiden Fällen wird also Flüssigkeit gehoben und dadurch Arbeit verrichtet.

Im grösseren Maasstab sehen Sie denselben Versuch fortdauernd wiederholt in den Dampfmaschinen. Nur wird hier, um eine fortdauernde Entwickelung gepresster Gase zu unterhalten, die Luft im Ballon, welche bald ein Maximum ihrer Ausdehnung erreichen würde, im Kessel der Dampfmaschine durch Wasser ersetzt, welches durch die Wärme allmählich in Dampf verwandelt wird. Wasserdampf ist aber, so lange er als solcher besteht, ein elastisches Gas, welches sich gerade wie die atmosphärische Luft auszudehnen strebt. Und statt der Flüssigkeitssäule, die in unserem letzten Versuche gehoben wurde, lässt man in der Maschine einen festen Stempel in die Höhe treiben, der seine Bewegung auf andere feste Maschinentheile übertragen kann. In Fig. 20 sind die arbeitenden Theile einer Hochdruckmaschine in der Vorderansicht, in Fig. 21 (a. f. S.) im Querschnitt dargestellt. Der Kessel, in dem der Dampf erzeugt wird, ist nicht mitgezeichnet; letzterer strömt durch das Rohr *zz*, Fig. 21, dem Cylinder *A A* zu, worin sich ein dicht schliessender Kolben *C* bewegt. Die Theile, welche sich zwischen der Röhre *z z* und dem Cylinder *A A* einschalten, nämlich das Schieberventil im Kasten *K K* und die beiden Röhren *d* und *e*, dienen dazu, den Dampf, je nach der Stellung des Ventils, bald durch *d* in den unteren Theil des Cylinders *A* unter den Kolben, bald in den oberen

Theil über den Kolben zu leiten, während gleichzeitig der Dampf aus der anderen Hälfte des Cylinders freien Ausgang nach aussen erhält. Tritt der Dampf unter den Kolben, so treibt er diesen in die Höhe; ist der Kolben oben angekommen, so wechselt die Stellung des Ventils in *K K*; der Dampf tritt nun über den Kolben, und treibt diesen wieder herab. Die Kolbenstange wirkt mittelst der an ihr eingelenkten Stange *P* auf die Kurbel *Q* des Schwungrades *X* und setzt dieses in Umdrehung. Die Bewegung des Rades bewirkt wieder mittelst des Gestänges *s*, dass das Ventil immer zur rechten Zeit umgestellt wird. Auf diese mechanischen Einrichtungen können wir nicht näher eingehen, so sinnreich sie auch ausgebildet sind. Uns interessirt hier nur die Art und Weise, wie die Wärme elastisch gepressten Dampf hervorbringt, und wie dieser Dampf in seinem Streben, sich auszudehnen, gezwungen wird, die festen Theile der Maschine zu bewegen, und uns Arbeitskraft zu liefern.

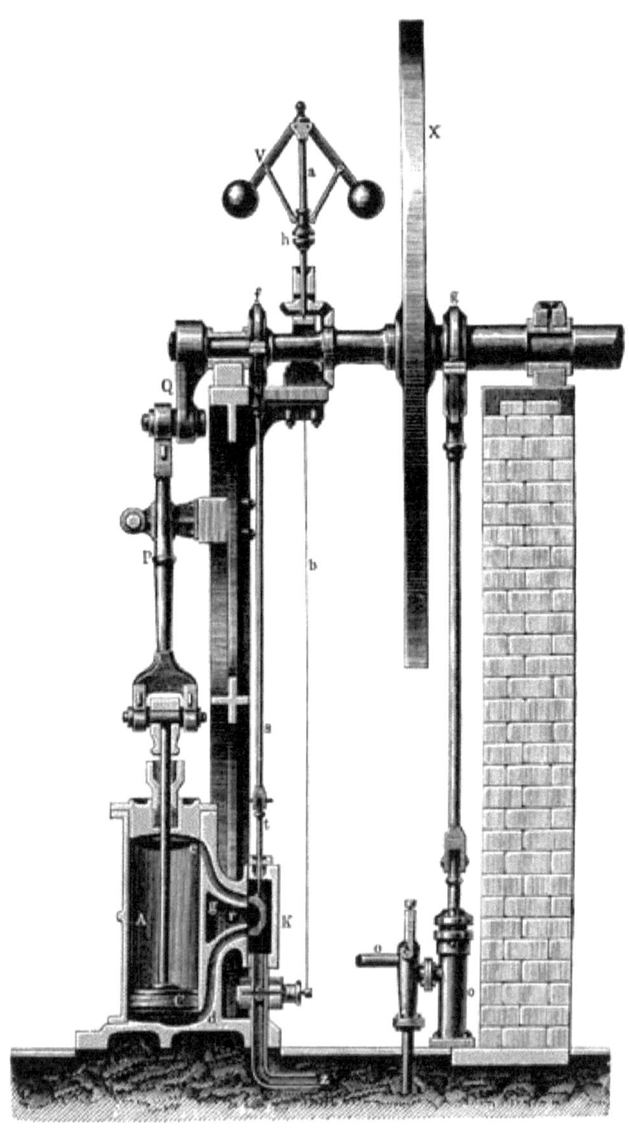

Fig. 21

Wir wissen, welcher gewaltigen und mannigfaltigen Leistungen die Dampfmaschinen fähig sind; mit ihnen hat die grosse Entwickelung der Industrie, welche unser Jahrhundert vor allen früheren auszeichnet, erst begonnen. Ihr wesentlicher Vorzug im Vergleich mit den früher bekannten Triebkräften ist, dass sie nicht an den Ort gebunden sind. Der Kohlenvorrath und die geringe Quantität Wasser, welche die Quellen ihrer Triebkraft sind, lassen sich leicht überall hinschaffen; ja wir können eben deshalb die Dampfmaschinen selbst beweglich machen, wie dies in den Dampfschiffen und Locomotiven geschieht. Durch diese Maschinen ist es möglich, an jeder Stelle der Oberfläche der Erde, wie in den tiefen Schachten der Bergwerke und auf der Mitte des Meeres, Arbeitskraft in fast unbeschränktem Maasse zu entwickeln; während die Wasser- und Windmühlen fest an bestimmte Orte der Oberfläche des Landes gebannt sind.

Wir sehen also: Wärme kann mechanische Arbeitskraft erzeugen. In den bisher besprochenen Fällen haben wir gefunden, dass das Quantum von Arbeitskraft, was durch ein gewisses Maass eines physikalischen Vorganges erzeugt werden kann, immer ein bestimmt begrenztes ist, und dass die weitere Arbeitsfähigkeit der Naturkräfte durch die geschehene Leistung verringert oder erschöpft wird. Wie verhält es sich in dieser Beziehung mit der *Wärme*?

Diese Frage war von entscheidender Wichtigkeit bei dem Bestreben, das Gesetz von der Erhaltung der Kraft auf alle Naturprozesse auszudehnen. In ihrer Beantwortung lag der hauptsächlichste Unterschied zwischen der älteren und neueren Ansicht der hierher gehörigen Verhältnisse; daher auch viele Physiker die Naturanschauung, die dem Gesetze von der Erhaltung der Kraft entspricht, geradezu mit dem Namen der *mechanischen Wärmetheorie* bezeichnet haben. Die ältere Ansicht von der Natur der Wärme war, dass sie ein Stoff sei; zwar sehr fein und unwägbar, aber unzerstörbar und unveränderlich in ihrer Quantität, welches letztere bekanntlich die wesentliche Grundeigenschaft aller Materie ist. In der That zeigt sich bei einer grossen Zahl von Naturprozessen die Quantität der durch das Thermometer nachweisbaren Wärme unveränderlich.

Zwar kann sie wandern durch Leitung und Strahlung von wärmeren zu kälteren Körpern; die Wärmemenge aber, welche jene verlieren, erscheint in diesen, durch das Thermometer nachweisbar, wieder. Auch fand man bei den Naturkörpern mancherlei Vorgänge, namentlich die Uebergänge aus dem festen in den flüssigen oder gasigen Zustand, bei denen Wärme wenigstens für das Thermometer verschwand; führte man aber den gasigen Körper wieder in den flüssigen, den flüssigen in den festen Zustand zurück, so kam genau die gleiche Wärmemenge wieder zum Vorschein, die vorher verloren schien. Man nannte dies ein *Latentwerden* der Wärme. Flüssiges Wasser unterscheidet sich nach dieser Ansicht vom Eise dadurch, dass es eine gewisse Quantität gebundenen Wärmestoffes enthält, der eben, weil er fest gebunden ist, nicht auf das Thermometer übergehen und nicht von diesem angezeigt werden kann. Wasserdampf enthält danach eine noch grössere Menge von gebundenem Wärmestoff. Lassen wir aber den Dampf sich niederschlagen, das tropfbare Wasser wieder zu Eis gefrieren, so erhalten wir genau dieselbe Wärmemenge frei zurück, die bei der Schmelzung des Eises und der Verdampfung des Wassers latent geworden war.

Endlich kann Wärme hervorgebracht werden oder verschwinden bei chemischen Prozessen. Aber auch hier liess sich die Annahme durchführen, dass die verschiedenen chemischen Elemente und Verbindungen gewisse constante Mengen latenten Wärmestoffes enthalten, welcher bei einer Aenderung ihrer Zusammensetzung bald austritt, bald von aussen her zugeführt werden muss-, und genaue Versuche zeigten, dass die Menge Wärme, welche sich bei einem chemischen Prozesse entwickelt – z. B. bei der Verbrennung von einem Pfunde reiner Kohle zu Kohlensäure – durchaus constant ist, möge nun die Verbrennung langsam oder schnell, auf einmal oder in Zwischenstufen vor sich gehen. Es waren die hier kurz erwähnten Naturprozesse Gegenstand ausgedehnter experimenteller und mathematischer Untersuchungen, namentlich der grossen französischen Physiker zu Ende des vorigen und zu Anfang des jetzigen Jahrhunderts gewesen; ein reiches und genau durchgearbeitetes Capitel der Physik hatte sich daraus entwickelt, in dem alles vortrefflich mit der Hypothese, die Wärme sei ein Stoff, zusammenstimmte. Andererseits wusste man die bei allen diesen Prozessen constatirte Unveränderlichkeit der Wärmemenge damals aus keiner anderen Annahme zu erklären, als aus der, dass die Wärme eben ein Stoff sei.

Aber man hatte eine Beziehung der Wärme, nämlich die zur mechanischen Arbeit, nicht genauer untersucht. Nur ein französischer Ingenieur, *Sadi Carnot*, der Sohn des berühmten Kriegsministers der Revolutionszeit, hatte im Jahre 1824 die mechanische Arbeit, welche die Wärme verrichtet, daraus herzuleiten gesucht, dass sich der hypothetische Wärmestoff, gleichsam einem Gase ähnlich, auszudehnen strebe und hatte in der That aus dieser Vorstellung ein merkwürdiges Gesetz über die Arbeitsfähigkeit der Wärme abgeleitet, welches auch heute noch – freilich mit einer durch *Clausius* vorgenommenen wesentlichen Aenderung – in die Grundlagen der neueren sogenannten mechanischen Wärmetheorie eingeht, und dessen praktische Folgerungen, so weit sie damals mit der Erfahrung verglichen werden konnten, sich in der That bewährten.

Daneben aber bestanden die Erfahrungen, dass überall, wo zwei bewegte Körper gegen einander reiben, Wärme neu entwickelt wird, man konnte nicht sagen woher.

Die Thatsache ist allbekannt. Die Axe eines Wagenrades, welches schlecht geschmiert ist und heftig reibt, wird heiss, so heiss, dass sie sich entzünden kann; ja, schnell laufende Maschinenräder mit eisernen Axen können sich sogar an ihre Pfannen anschweissen. Auch ist nicht einmal eine heftige Reibung nöthig, um merkliche Wärme zu entwickeln. Jedes Streichhölzchen, was durch Reiben an einem Punkte so weit erwärmt wird, dass die phosphorhaltige Masse sich dort entzündet, lehrt dasselbe. Ja, man reibe nur die trockenen Handflächen unter kräftigem Druck schnell an einander, so wird man die Reibungswärme fühlen, welche viel stärker ist als die Erwärmung, welche die Hände, ruhig gegen einander liegend, in der Handfläche erzeugen; und ein deutlicher Geruch von verbranntem Horn, der von den Handtellern ausgeht, zeigt an, dass das hornige Oberhäutchen der Handflächen oberflächlich versengt ist. Uncultivirte Völker benutzen die Reibung zweier Holzstücke, um Feuer anzumachen. Zu dem Ende setzen sie eine spitze Spindel aus hartem Holze auf die in Fig. 22 (a. f. S.) dargestellte Weise in schnelle Drehung auf einer Unterlage von weichem Holze.

So lange es sich nur um Reibung fester Körper gegen einander
handelte, wobei oberflächliche Theilchen abgerissen und comprimirt werden, konnte man vielleicht noch daran denken, dass irgend
welche Structuränderungen der geriebenen Körper hierbei latente
Wärme frei werden liessen, welche als Reibungswärme zum Vorschein käme.

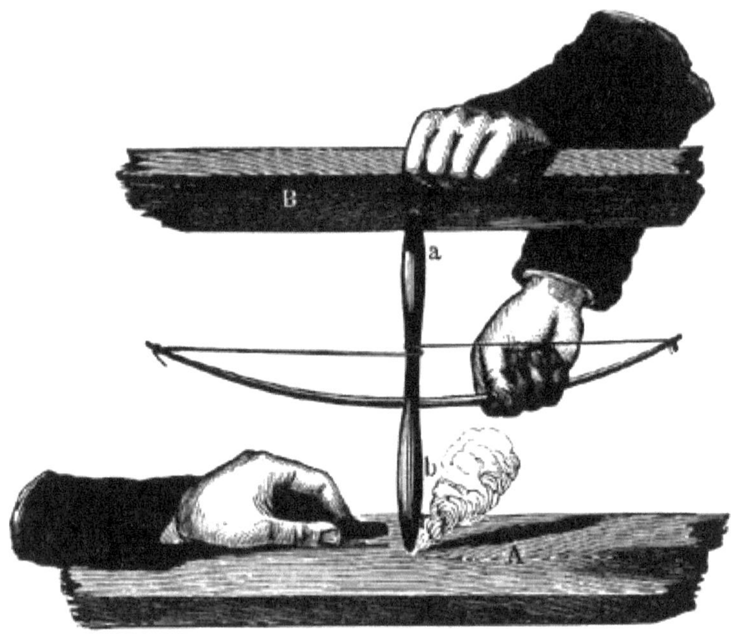

Fig. 22.

Aber man kann Wärme auch durch Reibung flüssiger Körper erzeugen, wo von Structuränderungen und von Freiwerden latenter
Wärme nicht die Rede ist. Das erste entscheidende Experiment dieser Art wurde von Sir *Humphrey Davy* im Anfange dieses Jahrhunderts angestellt. Er liess in einem abgekühlten Räume zwei Eisstü-
cke auf einander reiben, und brachte sie dadurch zum Schmelzen.
Die latente Wärme, welche das neugebildete Wasser hierbei auf-
nehmen musste, konnte durch das kalte Eis nicht zugeleitet, konnte
durch keine Structurveränderung erzeugt sein, konnte nirgends

herkommen als von der Reibung und musste durch die Reibung neu erzeugt sein.

Wie durch Reibung, so kann auch durch den Stoss unvollkommen elastischer Körper Wärme erzeugt werden. Dies geschieht z. B., wenn wir mit Stein und Stahl Feuer schlagen, oder mit kräftigen Hammerschlägen einen eisernen Stift längere Zeit hindurch bearbeiten.

Wenn wir uns nach der mechanischen Bedeutung der Reibung und des unelastischen Stosses umsehen, so finden wir, dass diese beiden Vorgänge es sind, durch die alle bewegten irdischen Körper immer wieder zur Ruhe gebracht werden. Ein bewegter Körper, dessen Bewegung durch keine widerstehende Kraft gehemmt wird, würde sich bis in Ewigkeit fortbewegen. Ein Beispiel dafür giebt uns die Planetenbewegung. Für die Bewegung irdischer Körper ist dies scheinbar nie der Fall, weil sie mit anderen ruhenden Körpern immer in Berührung sind, und sich an diesen reiben. Wir können ihre Reibung zwar sehr vermindern, aber niemals ganz aufheben. Ein Rad, das um eine gut gearbeitete Axe läuft, setzt, einmal angestossen, seine Umlaufsbewegung lange Zeit fort; um so länger, je feiner und glatter die Axe gearbeitet, je besser sie eingefettet ist und je geringeren Druck sie zu ertragen hat. Dennoch geht die lebendige Kraft der Bewegung, die wir einem solchen Rade mitgetheilt hatten, als wir es anstiessen, allmählich verloren durch die Reibung. Sie verschwindet und, wenn wir nicht genau zusehen, hat es den Anschein, als wäre die vorhanden gewesene lebendige Kraft des Rades ohne allen Ersatz einfach vernichtet worden.

Eine Kugel, die wir auf ebener Bahn zum Rollen bringen, rollt fort, bis ihre Geschwindigkeit durch die Reibung an der Bahn, durch die kleinen Stösse an deren Unebenheiten, vernichtet ist.

Ein Pendel, das wir in Schwingung versetzt haben, kann bei guter Aufhängung Stunden lang fortschwingen, ohne durch ein Uhrwerk angetrieben zu sein; durch die leise Reibung an der umgebenden Luft und an seiner Aufhängungsstelle kommt es endlich zur Ruhe.

Ein Stein, der von der Höhe fällt, hat, wenn er an der Erde angekommen ist, eine gewisse Geschwindigkeit erreicht; diese kennen wir als das Aequivalent einer mechanischen Arbeit; so lange diese Geschwindigkeit noch als solche besteht, können wir sie bei passenden Einrichtungen nach oben hin lenken und sie benutzen, um den Stein wieder in die Höhe zu treiben. Endlich schlägt der Stein auf die Erde auf und kommt zur Ruhe; der Stoss hat seine Geschwindigkeit und damit auch scheinbar die mechanische Arbeit vernichtet, welche diese Geschwindigkeit noch zu leisten im Stande gewesen wäre.

Fassen wir das Resultat aller dieser Beispiele, die ein Jeder aus seiner täglichen Erfahrung sich leicht vermehren kann, zusammen, so sehen wir: Reibung und unelastischer Stoss sind Vorgänge, bei denen mechanische Arbeit vernichtet und dafür Wärme erzeugt wird. Die vorher schon erwähnten Versuche von *Joule* führen uns noch einen Schritt weiter. Er hat nach Fusspfunden einerseits das Quantum von Arbeit gemessen, welches durch die Reibung sowohl fester, als nüssiger Körper vernichtet wurde, und andererseits das Quantum Wärme, welches dabei erzeugt wurde, und hat zwischen beiden ein festes Verhältniss gefunden. Seine Versuche ergeben nämlich, dass, wenn durch Verbrauch mechanischer Arbeit Wärme erzeugt wird, ein ganz bestimmtes Quantum Arbeit erforderlich ist, um dasjenige Quantum Wärme zu erzeugen, welches von den Physikern als Wärmeeinheit betrachtet wird: dasjenige Quantum nämlich, was nöthig ist, um ein Gramm Wasser um einen Grad der hundertteiligen Scala zu erwärmen. Das dazu nöthige Quantum Arbeit ist nach *Joule*'s besten Versuchen gleich der Arbeit, welche ein Gramm von 425 m Höhe fallend leisten würde.

Um die Uebereinstimmung der von ihm gewonnenen Zahlen zu zeigen, führe ich hier die Ergebnisse einiger Versuchsreihen an, welche er, nach Anbringung der letzten Verbesserungen, an seinen Methoden gewonnen hat.

1. Eine Versuchsreihe, wobei Wasser in einem Messinggefässe durch Reibung erwärmt wurde. Im Inneren dieses Gefässes drehte sich eine senkrechte, mit sechszehn Schaufeln versehene Axe, während der so erregte Wasserwirbel durch eine Reihe von Scheidewänden des Gefässes gebrochen wurde. Diese hatten Ausschnitte, eben gross genug, um das Schaufelrad durchgehen zu lassen. Der Werth des Aequivalents war 424,9 m.

2. Zwei ähnliche Versuchsreihen, wobei die reibende Flüssigkeit Quecksilber in einem eisernen Gefässe war, ergaben 425 und 426,3 m.
3. Zwei Versuchsreihen, in denen ein konischer Eisenring auf einem anderen rieb, beide von Quecksilber umgeben, ergaben 426,7 und 425,6m.

Genau dasselbe Verhältniss zwischen Wärme und Arbeit wurde auch bei dem umgekehrten Prozesse gefunden, wenn nämlich durch Wärme Arbeit erzeugt wird. Um diesen Prozess unter möglichst zu controlirenden physikalischen Verhältnissen auszuführen, benutzt man besser permanente Gase an Stelle der Dämpfe, obgleich letztere zur Erzeugung grosser Arbeitsmengen, wie in der Dampfmaschine, praktisch bequemer sind. Ein Gas, das man mit mässiger Geschwindigkeit sich ausdehnen lässt, kühlt sich ab. *Joule* war es, der zuerst zeigte,, was der Grund dieser Abkühlung ist. Das Gas hat nämlich bei seiner Ausdehnung den Widerstand zu überwinden, den der Luftdruck und die langsam nachgebende Wand des Gefässes ihm entgegensetzen; oder, wenn es selbst nicht fähig ist, diesen Widerstand zu überwinden, so unterstützt es doch dabei den Arm des Beobachters, der ihn überwindet. So arbeitet das Gas, und diese Arbeit geschieht auf Kosten seiner Wärme. Daher die Abkühlung. Lässt man im Gegentheil das Gas plötzlich ausströmen in einen vollkommen luftleer gemachten Raum, wo es gar keinen Widerstand findet, so kühlt es sich nicht ab, wie *Joule* gezeigt hat; oder wenn einzelne Theile desselben sich abkühlen, so erwärmen sich andere, und nach Ausgleichung der Temperatur ist die Wärme genau so gross wie vor der plötzlichen Ausdehnung der Gasmasse.

Wie viel Wärme die verschiedenen Gase entwickeln, wenn sie comprimirt werden, und wie viel Arbeit zu ihrer Compression nöthig ist, oder umgekehrt, wie viel Wärme sie verschwinden machen, wenn sie sich unter einem ihrem Drucke gleichen Gegendruck dehnen, und wie viel Arbeit sie dabei in Ueberwindung dieses Gegendruckes leisten, war theils aus älteren physikalischen Versuchen bekannt, theils ist es durch neuere Versuche nach *Regnault*'s vervollkommneten Methoden bestimmt worden. Die Rechnung mit den besten Daten dieser Art ergiebt den Werth des Wärmeäquivalents nach den Versuchen mit atmosphärischer Luft   426,0 m

mit Sauerstoffgas   425,7 m

mit Stickstoffgas   431,3 m

mit Wasserstoffgas   425,3 m

Vergleicht man diese Zahlen mit denen, welche die Aequivalenz von Wärme und mechanischer Kraft bei der Reibung bestimmen, so zeigt sich eine so nahe Uebereinstimmung, wie sie zwischen Zahlen, die durch so verschiedenartige Untersuchungen verschiedener Beobachter gewonnen sind, nur irgend zu erwarten ist.

Also: Eine gewisse Wärmemenge kann in eine bestimmte Menge von Arbeit verwandelt werden; diese Arbeitsmenge kann aber auch in Wärme, und zwar genau in dieselbe Wärmemenge zurückverwandelt werden, aus der sie entstanden ist; in mechanischer Beziehung sind beide einander äquivalent. Die Wärme ist eine neue Form, in welcher ein Quantum von Arbeitskraft erscheinen kann.

Diese Thatsachen erlauben uns nun nicht mehr die Wärme als einen Stoff zu betrachten, weil die Quantität derselben nicht unveränderlich ist. Sie kann neu erzeugt werden aus der lebendigen Kraft vernichteter Bewegung; sie kann vernichtet werden, und erzeugt dann Bewegung. Wir müssen vielmehr daraus schliessen, dass die Wärme selbst eine Bewegung ist, eine innere unsichtbare Bewegung der kleinsten elementaren Theile der Naturkörper. Wenn also durch Reibung und Stoss Bewegung verloren zu gehen scheint, so geht sie in Wirklichkeit nicht verloren; sie geht nur von den grossen sichtbaren Massen auf ihre kleinsten Theile über, während in der Dampfmaschine die innere Bewegung der erhitzten Gastheile auf den Stempel der Maschine übertragen, in ihm gesammelt und in eine Resultante zusammen gefasst wird.

Welche Form diese innere Bewegung habe, lässt sich bisher nur bei den Luftarten mit einiger Wahrscheinlichkeit sagen. Deren Theilchen schiessen wahrscheinlich in geradlinigen Bahnen nach allen Richtungen durch einander hin, bis sie, an ein anderes Theilchen oder an die Wand des Gefässes anprallend, nach veränderter Richtung zurückgeworfen werden. Ein Gas wäre etwa einem Mückenschwarme ähnlich, nur aus unendlich viel kleineren und unendlich viel dichter gedrängten Theilchen bestehend. Diese von *Kroenig*, *Clausius*, *Maxwell* ausgebildete Hypothese giebt sehr gut Rechenschaft von allen Erscheinungen der Gase.

Was den früheren Physikern als die constante Quantität des Wärmestoffs erschien, ist nichts weiter als die gesammte Arbeitskraft der Wärmebewegung, welche so lange constant bleibt, als sie nicht in andere Formen von Arbeit übergeführt wird, oder aus anderen Formen der Arbeit neu entsteht.

Wir wenden uns noch zu einer anderen Form arbeitsfähiger Naturkräfte, nämlich zu den chemischen Kräften. Wir sind ihnen heute schon begegnet. Sie sind es in letzter Instanz, welche die Arbeitsleistungen des Schiesspulvers und der Dampfmaschine hervorbringen, insofern wir die Wärme, welche in dieser gebraucht wird, durch Verbrennung von Kohle, d. h. durch einen chemischen Prozess, gewinnen. Die Verbrennung der Kohle ist die chemische Vereinigung des Kohlenstoffs mit dem Sauerstoffe der Luft, vor sich gehend unter dem Einflusse der chemischen Verwandtschaftskraft beider Stoffe.

Diese Kraft können wir uns als eine Anziehungskraft zwischen beiden vorstellen, welche dann und zwar ausserordentlich stark, wirksam ist, wenn die kleinsten Theile beider Stoffe in engste Nachbarschaft zu einander gebracht sind. Bei der Verbrennung wird diese Kraft wirksam; die Kohlenstoff- und Sauerstoffatome stürzen auf einander los und haften an einander fest, indem sie einen neuen Stoff, eine Verbindung beider, nämlich Kohlensäure, bilden, eine Gasart, Ihnen allen bekannt als diejenige, welche aus gährenden und gegohrenen Getränken, aus dem Biere, dem Champagner aufsteigt. Diese Anziehungskraft zwischen den Atomen des Kohlenstoffes und des Sauerstoffes leistet gerade so gut Arbeit, wie jene, welche die Erde in der Form der Schwere auf ein gehobenes Gewicht ausübt. Wenn das Gewicht zu Boden gefallen ist, so bringt es eine Erschütterung hervor, die zum Theil sich als Schallerschütterung auf die Umgebung fortpflanzt, zum Theil als Wärmebewegung bestehen bleibt. Ganz dasselbe müssen wir als Erfolg der chemischen Anziehung erwarten. Wenn Kohlenstoff- und Sauerstoffatome auf einander losgestürzt sind und sich zu Kohlensäure vereinigt haben, so müssen die neugebildeten Theilchen der Kohlensäure in heftigster Molecularbewegung sein, d. h. in Wärmebewegung. Und so finden wir es. Ein Pfund Kohlenstoff, mit Sauerstoff zu Kohlensäure verbrannt, giebt so viel Wärme als nöthig ist um 80,9 Pfund Wasser vom Gefrierpunkt bis zum Sieden zu erhitzen, und, wie die gleiche Arbeitsmenge erzeugt wird, wenn ein Gewicht fällt, ob es schnell oder langsam fällt, so wird auch die gleiche Wärmemenge durch Verbrennung des Kohlenstoffs erzeugt, ob diese schnell oder langsam, auf einmal oder in Absätzen vor sich geht.

Wenn die Kohle verbrannt ist, so erhalten wir an ihrer und des verbrauchten Sauerstoffes Stelle das gasige Verbrennungsproduct, die Kohlensäure. Diese ist unmittelbar nach der Verbrennung glühend heiss. Hat sie später ihre Wärme an die Umgebung abgegeben, so haben wir in der Kohlensäure noch den ganzen Kohlenstoff, den ganzen Sauerstoff und auch noch die Verwandtschaftskraft beider ebenso kräftig wie vorher bestehend. Aber letztere äussert sich jetzt nur noch darin, dass sie die Kohlenstoff- und Sauerstoffatome fest aneinander heftet, ohne eine Trennung derselben zu gestatten; Arbeit oder Wärme kann sie nicht mehr hervorbringen, ebenso wenig wie ein gefallenes Gewicht noch Arbeit zu leisten vermag, ehe es nicht durch eine fremde Kraft wieder emporgehoben ist. Wenn die Kohle verbrannt ist, bemühen wir uns deshalb auch nicht weiter die Kohlensäure festzuhalten; sie kann uns keine Dienste mehr leisten, wir suchen sie im Gegentheil so schnell wie möglich durch die Schornsteine aus unseren Häusern zu entfernen.

Ist es nun möglich, die Bestandteile der Kohlensäure wieder von einander zu reissen, und ihnen ihre Leistungsfähigkeit, die sie ursprünglich vor ihrer Vereinigung hatten, wieder zu geben, wie man die Leistungsfähigkeit eines Gewichtes herstellt, indem man es vom Boden erhebt? Es ist in der That möglich. Wir werden später sehen, wie dieses im Leben der Pflanzen geschieht; auch ist es möglich, dasselbe durch unorganische Prozesse, freilich nur auf weiteren Umwegen, zu erreichen, deren Auseinandersetzung uns hier zu weit von unserem Wege abführen würde.

Aber für ein anderes chemisches Element, welches ebenso wie der Kohlenstoff verbrannt werden kann, nämlich für den Wasserstoff, lässt es sich leicht und direct thun. Wasserstoff ist neben dem Kohlenstoff ein Bestandtheil aller verbrennlichen Pflanzensubstanzen, unter anderem auch ein wesentlicher Bestandtheil des Gases, welches wir zur Beleuchtung unserer Strassen und Zimmer benutzen. Im isolirten Zustande ist der Wasserstoff ein Gas, das leichteste von allen, und brennt, angezündet, mit schwach leuchtender blauer Flamme. Bei dieser Verbrennung, d. h. bei der chemischen Verbindung des Wasserstoffes mit Sauerstoff, entsteht eine sehr bedeutende Wärmemenge; für ein Gewicht Wasserstoff sogar viermal so viel Wärme als bei der Verbrennung des gleichen Gewichtes Kohlenstoff. Das Product der Verbrennung ist Wasser, welches daher selbst nicht mehr verbrennlich ist, da in ihm der Wasserstoff mit Sauerstoff schon vollständig gesättigt ist. Wie vorher die Verwaudtschaftskraft des Kohlenstoffes zum Sauerstoff, so leistet jetzt die des Wasserstoffes zum Sauerstoff bei deren Verbrennung eine Arbeit, die in Form von Wärme zum Vorschein kommt. In dem durch die Verbrennung gebildeten Wasser besteht die Verwandtschaftskraft zwischen den beiden Elementen allerdings nach wie vor; aber ihre Arbeitsfähigkeit ist verloren gegangen. Wir müssen die beiden Elemente erst wieder trennen, ihre Atome von einander reissen, um neue Wirkungen von ihnen zu erhalten.

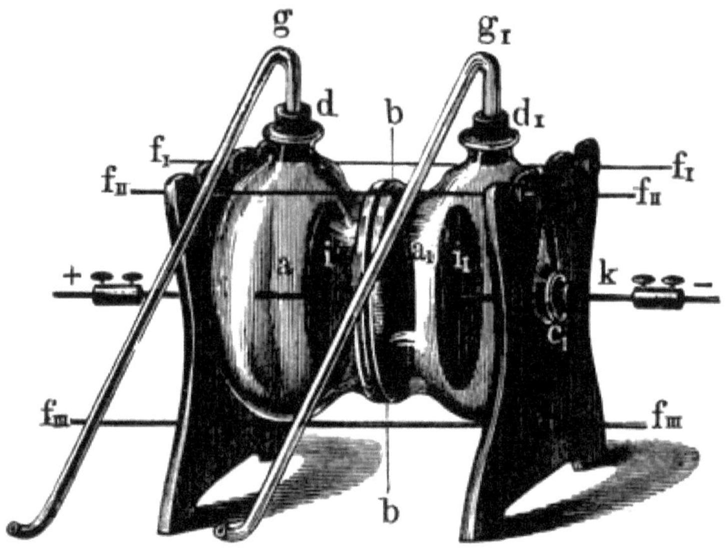

Fig. 23.

Das können wir mit Hülfe der elektrischen Ströme ausführen. In dem in Fig. 23 abgebildeten Apparate haben wir zwei mit angesäuertem Wasser gefüllte Glasgefässe a und a_1, die in der Mitte durch eine poröse und mit Wasser durchfeuchtete Thonplatte von einander geschieden sind. Von beiden Seiten ragen die Platindrähte k in die Gefässe hinein und tragen die Platinplatten i und i_1. Sobald wir nun einen galvanischen Strom durch die Platindrähte k in das Wasser einleiten, sehen Sie von den beiden Platten i und i_1 Ströme von Luftbläschen in die Höhe steigen. Diese Luftbläschen sind die beiden Elemente des Wassers: auf der einen Seite Wasserstoff, auf der anderen Sauerstoff. Die Gase entweichen durch die beiden Röhren g und g_1. Wenn wir warten, bis sich die oberen Theile der Flaschen und die Röhren damit gefüllt haben, so können wir nun an der einen Seite das Wasserstoffgas entzünden; es brennt mit blauer Flamme. Wenn ich der Mündung der anderen Röhre einen glimmenden Spahn nähere, flammt er auf, wie es im Sauerstoffgase geschieht. In diesem gehen die Verbrennungsprozesse sehr viel intensiver vor sich, als in der atmosphärischen Luft, wo der Sauerstoff, mit Stickstoff sich mischend, nur ein Fünftheil des Volumens ausmacht.

Halte ich einen mit kaltem Wasser gefüllten Glaskolben über die Wasserstoffflamme, so schlägt sich an diesem das durch die Verbrennung neugebildete Wasser nieder.

Halte ich in die fast gar nicht leuchtende Flamme einen Platindraht, so sehen Sie ihn intensiv glühend werden; ja in einem reichlichen Strome der Mischung des hier erzeugten Wasserstoff- und Sauerstoffgases würde ich das so schwer schmelzbare Platin sogar schmelzen können. Das Wasserstoffgas, was hier durch den elektrischen Strom aus dem Wasser getrennt ist, hat also die Fähigkeit wieder erhalten, durch neue Vereinigung mit Sauerstoff grosse Wärmemengen zu erzeugen; seine Verwandtschaftskraft zum Sauerstoff hat ihre Arbeitsfähigkeit wieder erhalten.

Wir lernen hier wieder eine neue Quelle von Arbeitskraft kennen, nämlich den elektrischen Strom, der das Wasser zerlegt. Dieser Strom selbst ist erzeugt durch eine galvanische Batterie, (Fig. 24). Jedes der vier Gläser enthält Salpetersäure, in welche ein hohler Cylinder aus sehr dichter Kohle eintaucht. In der mittleren Oeffnung des Kohlencylinders steht ein cylindrisches, aus weissem Thon gebranntes, poröses Gefäss, welches mit wässeriger Schwefelsäure gefüllt ist und in diese Flüssigkeit taucht ein Cylinder aus Zink. Jeder Zinkcylinder ist durch einen metallischen Bügel mit dem Kohlencylinder des nächsten Glases verbunden; der letzte Zinkcylinder *n* mit der einen Platinplatte; der erste Kohlencylinder *p* mit der anderen Platinplatte des Wasserzersetzungsapparates (Fig. 23).

Wenn nun der leitende Kreis dieses galvanischen Apparates hergestellt wird und die Wasserzersetzung beginnt, so geht gleichzeitig auch ein chemischer Prozess in den Zellen der galvanischen Kette vor sich. Zink entzieht dem umgebenden Wasser Sauerstoff und erleidet also eine, wenn auch langsame Verbrennung. Das dabei gebildete Verbrennungsproduct, das Zinkoxyd, vereinigt sich weiter mit der Schwefelsäure, zu der es eine kräftige Verwandtschaft hat, und das schwefelsaure Zink, ein salzähnlicher Körper, löst sich in der Flüssigkeit auf. Den Sauerstoff, der ihm entzogen ist, erhält das Wasser wieder von der die Kohlencylinder umgebenden Salpetersäure, welche viel Sauerstoff enthält und ihn leicht hergiebt. So verbrennt also in der galvanischen Batterie Zink zu schwefelsaurem Zinkoxyd auf Kosten des Sauerstoffs der Salpetersäure.

Fig. 24.

Während also das eine Verbrennungsproduct, das Wasser, wieder getrennt wird, geht eine neue Verbrennung vor sich, die des Zinks. Während wir dort arbeitsfähige chemische Verwandtschaft wieder herstellen, geht sie hier verloren. Der elektrische Strom ist gleichsam nur der Träger, der die chemische Kraft des mit Sauerstoff und Säure sich verbindenden Zinkes auf das Wasser in der Zersetzungszelle hinüberleitet und zur Ueberwindung der chemischen Kraft des Wasserstoffes und Sauerstoffes verwendet.

Fig. 25.

Wir können also eine verloren gegangene Arbeitskraft wieder herstellen, aber nur, indem wir eine andere Arbeitskraft, die des sich oxydirenden Zinkes, dazu aufwenden.

In diesem Falle haben wir eine chemische Kraft durch die andere überwunden unter Vermittelung des elektrischen Stromes. Aber wir können dasselbe auch durch mechanische Kräfte erreichen, wenn wir den elektrischen Strom durch eine magnet-elektrische Maschine (siehe Fig. 25) erzeugen. Wenn wir deren Kurbel drehen, rotirt der

mit besponnenem Kupferdraht umwickelte Anker **RR'** des grossen
Hufeisenmagneten, und dabei erzeugen sich in den Drahtwindun-
gen elektrische Ströme, die von den Punkten *a* und *b* nach aussen
geleitet werden können. Verbinden wir die Enden dieser Drahtlei-
tungen mit dem Wasserzersetzungsapparate, so gewinnen wir auch
so Wasserstoff- und Sauerstoffgas, freilich in viel geringerer Menge,
als durch die vorher gebrauchte Batterie. Dieser Vorgang ist deshalb
interessant, weil wir dabei durch die mechanische Kraft unseres
Armes, der die Kurbel dreht, die Arbeit erzeugen, welche zur Trennung der verbundenen chemischen Elemente gebraucht wird. Wie
die Dampfmaschine chemische Kraft in mechanische verwandelt, so
verwandelt die magnet-elektrische Maschine mechanische Kraft in
chemische.

Ueberhaupt eröffnet die Anwendung elektrischer Ströme eine
grosse Menge von Beziehungen zwischen den verschiedenen Naturkräften. Wir haben durch solche Ströme das Wasser in seine
Elemente zerlegt und würden eine grosse Zahl anderer chemischer
Verbindungen dadurch zerlegen können. Andererseits werden in
den gewöhnlichen galvanischen Batterien elektrische Ströme durch
chemische Kräfte erzeugt.

In allen Leitern, durch welche elektrische Ströme fliessen, wird
Wärme entwickelt; ich spanne diesen dünnen Platindraht zwischen
den Enden *n* und *p* der galvanischen Batterie Fig. 24 aus; er wird
lebhaft glühend und schmilzt. Andererseits werden in den sogenannten thermo-elektrischen Ketten elektrische Ströme durch Wärme erzeugt. Eisen, das man einer von einem elektrischen Strome
durchflossenen Kupferdrahtspirale nahe bringt, wird magnetisch
und zieht anderes Eisen oder einen in der Nähe befindlichen Stahl-
magneten an. So erhalten wir mechanische Wirkungen, die z. B. in
den elektrischen Telegraphen ausgedehnte Anwendung erfahren.
Fig. 26 zeigt den *Morse*'schen Telegraphen in 1/3 der natürlichen
Grösse. Der wirksame Theil ist ein hufeisenförmig gestalteter Eisenkern, der in den Kupferdrahtspiralen *b b* steckt. Ueber seinen nach
oben gekehrten Enden liegt quer der kleine Stahlmagnet *c c*, der
angezogen wird, sowie man einen elektrischen Strom durch die
Telegraphenleitung den Spiralen *b b* zuführt. Der Magnet *c c* sitzt
fest in dem Hebel *d d*; dessen anderes Ende trägt den Schreibstift,
der bei *r* auf den durch das Uhrwerk laufenden Papierstreifen

schreibt, so oft und so lange *c c* durch die magnetische Wirkung des elektrischen Stromes herabgezogen wird. Umgekehrt würden wir durch Veränderung des Magnetismus in dem Eisenkerne der Spiralen *b b* in diesen einen elektrischen Strom erhalten; gerade wie wir auf ähnliche Weise in der magnetelektrischen Maschine (Fig. 25) solche Ströme erhielten. Auch dort steckt in den Spiralen ein Eisenkern, der durch seine Annäherung an die Pole des grossen Hufeisenmagneten bald in dem einen, bald in dem anderen Sinne magnetisirt wird.

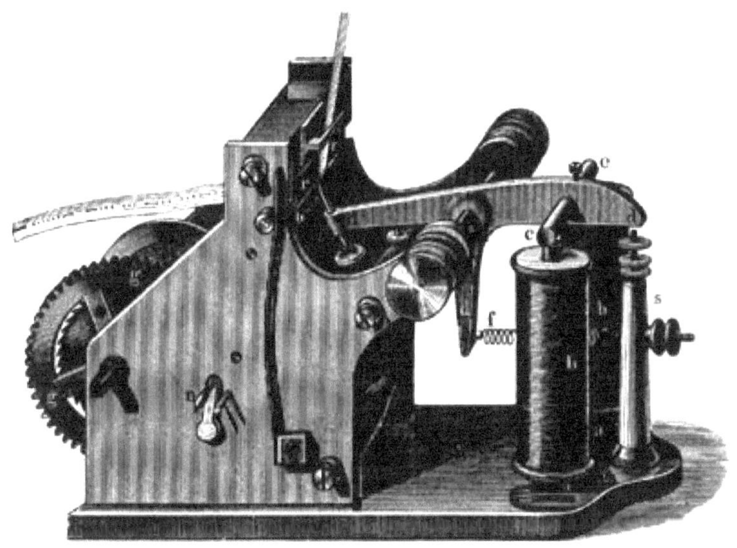

Fig. 26.

Ich will die Beispiele nicht weiter häufen; es werden uns noch manche derartige Beziehungen in späteren Vorlesungen begegnen. Lassen Sie uns aber diese Beispiele noch einmal überblicken und daran das allen gemeinsame Gesetz erkennen:

Ein gehobenes Gewicht kann Arbeit leisten; aber es muss dabei nothwendig von seiner Höhe herabsinken; und wenn es so tief gefallen ist, als es fallen kann, bleibt seine Schwere zwar nach wie vor bestehen, aber sie kann keine Arbeit mehr leisten.

Eine gespannte Feder kann Arbeit leisten; aber sie erschlafft, indem sie es thut.

Geschwindigkeit einer bewegten Masse kann Arbeit leisten; sie geht dabei aber in Ruhe über. Wärme kann Arbeit leisten; aber sie wird vernichtet, indem sie es thut.

Chemische Kräfte können Arbeit leisten; aber sie erschöpfen sich, indem sie arbeiten.

Elektrische Ströme können Arbeit leisten; aber zu ihrer Unterhaltung müssen wir chemische oder mechanische Kräfte, oder Wärme aufbrauchen.

Wir dürfen dies allgemein aussprechen: *Es ist ein allgemeiner Charakter aller bekannten Naturkräfte, dass ihre Arbeitsfähigkeit erschöpft wird, in dem Maasse als sie Arbeit wirklich hervorbringen.*

Wir haben weiter gesehen, dass ein Gewicht, wenn es fällt, ohne andere Arbeit zu verrichten, *entweder* Geschwindigkeit erlangt *oder* Wärme erzeugt. Wir könnten durch das Gewicht auch eine magnetelektrische Maschine treiben; dann würde es uns elektrische Ströme liefern.

Wir haben gesehen, dass chemische Kräfte, wenn sie zur Wirkung kommen, entweder Wärme oder elektrische Ströme, oder auch mechanische Arbeit erzeugen.

Wir haben gesehen, dass Wärme in Arbeit verwandelt werden kann; es giebt Apparate (thermo-elektrische Ketten), in denen durch Wärme elektrische Ströme erzeugt werden. Sie kann auch chemische Verbindungen direct scheiden, z. B. bei dem Verbrennen von Kalk trennt sie den Kalk von der Kohlensäure.

So erhält, wenn die Leistungsfähigkeit der einen Naturkraft vernichtet wird, immer eine andere neue Wirksamkeit. Ja, innerhalb des Kreises der anorganischen Naturkräfte können wir jede derselben mit Hülfe jeder anderen wirkungsfähigen Naturkraft in den wirksamen Zustand zurück versetzen. Die Verbindungen zwischen den verschiedenen Naturkräften, welche die neuere Physik aufgedeckt hat, sind so ausserordentlich zahlreich, dass sich für beinahe jede dieser Aufgaben mehrere ganz verschiedene Wege auffinden lassen.

Ich habe angegeben, wie man mechanische Arbeit zu messen pflegt, und wie man das Arbeitsäquivalent der Wärme bestimmt. Das Arbeitsäquivalent der chemischen Prozesse wird wiederum durch die Wärme gemessen, die sie hervorbringen. Durch ähnliche Beziehungen können auch die Arbeitsäquivalente der übrigen Naturkräfte auf das Maass der mechanischen Arbeit zurückgeführt werden.

Wenn eine gewisse mechanische Arbeitsmenge verloren geht, so wird, wie die darauf gerichteten Untersuchungen übereinstimmend gelehrt haben, ein entsprechendes Aequivalent von Wärme, oder, statt dieser, von chemischer Kraft gewonnen; umgekehrt, wenn Wärme verloren geht, gewinnen wir eine äquivalente Menge von chemischer oder mechanischer Arbeitskraft; wenn chemische Kraft verloren geht, von Wärme oder Arbeit. So dass bei allen diesen Wechselwirkungen zwischen den verschiedenartigen unorganischen Naturkräften Arbeitskraft zwar in einer Form verschwinden kann, dann aber in genau äquivalenter Menge in anderer Form neu auftritt, also weder vermehrt noch vermindert wird, sondern immer in gleichbleibender Menge bestehen bleibt.

Dass dasselbe Gesetz auch für die Vorgänge in der organischen Natur gilt, so weit bisher die Thatsachen geprüft sind, werden wir später sehen.

Daraus folgt: *dass die Summe der wirkungsfähigen Kraftmengen im Naturganzen bei allen Veränderungen in der Natur ewig und unverändert dieselbe bleibt.* Alle Veränderung in der Natur besteht darin, dass die Arbeitskraft ihre Form und ihren Ort wechselt, ohne dass ihre Quantität verändert wird. Das Weltall besitzt ein für alle Mal einen Schatz von Arbeitskraft, der durch keinen Wechsel der Erscheinungen verändert, vermehrt oder vermindert werden kann und der alle in ihm vorgehende Veränderung unterhält.

Sie sehen, wie wir, von Betrachtungen ausgehend, die es nur mit den nächstliegenden praktischen Interessen technischer Arbeit zu thun hatten, hinübergeführt worden sind zu einem allgemeinen Naturgesetze, welches, soweit unsere bisherige Erfahrung reicht, alle Naturprozesse überhaupt beherrscht und umfasst, welches auch gar nicht mehr auf die praktischen Zwecke des menschlichen Nutzens beschränkt ist, sondern eine ganz allgemeine und besonders charakteristische Eigenschaft aller Naturkräfte ausspricht, und welches nach seiner Allgemeinheit nur den Gesetzen von der Unveränderlichkeit der Masse und der Unveränderlichkeit der chemischen Elemente an die Seite zu stellen ist.

Es entscheidet zugleich endgültig eine grosse praktische Frage, die in den letzten beiden Jahrhunderten vielfach erörtert wurde, und zu deren Entscheidung man eine unendliche Zahl von Versuchen angestellt und von Apparaten gebaut hat, nämlich die Frage von der Möglichkeit eines Perpetuum mobile. Darunter verstand man eine Maschine, welche ohne Hülfe einer äusseren Triebkraft fortdauernd gehen und arbeiten sollte. Die Lösung dieses Problems versprach unermesslichen Gewinn. Eine solche Maschine würde alle Vortheile der Dampfmaschinen gehabt haben, ohne Brennmaterial zu kosten. Arbeit ist Geld. Eine Maschine, die Arbeit aus nichts schaffen konnte, war so gut wie eine, welche Gold machte. So war dieses Problem eine Zeit lang an die Stelle der Goldmacherei getreten und verwirrte manchen grübelnden Kopf. Dass ein Perpetuum mobile mit Benutzung der bekannten mechanischen Kräfte nicht herzustellen sei, konnte schon im vorigen Jahrhundert mittelst der inzwischen entwickelten mathematischen Mechanik nachgewiesen werden. Um aber zu zeigen, dass es auch nicht möglich sei, wenn man Wärme, chemische Kräfte, Elektricität und Magnetismus mitwirken lasse, dazu musste man das von uns ausgesprochene Gesetz in seiner allgemeinen Fassung kennen. Die Möglichkeit eines Perpetuum mobile wurde erst durch das Gesetz von der Erhaltung der Kraft endgültig verneint, und man könnte dieses Gesetz auch ebenso gut in der praktischen Form aussprechen, dass ein Perpetuum mobile nicht möglich sei, dass eine Arbeitskraft nicht aus Nichts und ohne Verbrauch geschaffen werden könne.

Sie werden die Wichtigkeit und die Tragweite unseres Gesetzes erst vollständig beurteilen können, wenn Sie eine Reihe seiner Anwendungen auf die einzelnen Vorgänge der Natur vor Augen haben. Schon was ich heute erwähnt habe über den Ursprung der Triebkräfte, die unserer Benutzung zu Gebote stehen, weist uns hinaus über die engen Verhältnisse unserer Laboratorien und Fabriken auf die grossen Vorgänge in dem Leben der Erde und des Weltalls. Die Kraft des fallenden Wassers kann den Bergen nur entströmen, wenn Regen und Schnee es ihnen zuführen. Um diese zu liefern, müssen wir Wasserdampf in der Atmosphäre haben, der nur durch Wärme erzeugt werden kann, und diese Wärme kommt von der Sonne. Die Dampfmaschine bedarf des Brennmaterials, welches das Pflanzenleben liefert; sei es das jetzt thätige Leben der uns umgebenden Vegetation; oder das erloschene Leben, welches die mächtigen Steinkohlenlager in den Tiefen der Erde erzeugt hat. Wir werden später sehen, in welcher innigen Beziehung das Pflanzenleben zum Sonnenlichte steht. Die Kraft der Menschen und Thiere muss wieder ersetzt werden durch Nahrung; alle Nahrung kommt zuletzt aus dem Pflanzenreich und führt uns auf dieselbe Quelle zurück.

Sie sehen, wenn wir forschen nach dem Ursprünge der Triebkräfte, die wir in unseren Dienst nehmen, so werden wir gewiesen auf die meteorologischen Vorgänge in der Atmosphäre der Erde, auf das Leben der Pflanzen im Ganzen, auf die Sonne. Dieser Weisung werden wir in den kommenden Vorlesungen zu folgen versuchen.[5]

---

[5] Die im zweiten Bande folgende Vorlesung über die Entstehung des Planetensystems ist eine Ausarbeitung des wesentlichen Inhalts einer dieser weiteren Vorlesungen.

Über tredition

Eigenes Buch veröffentlichen

tredition wurde 2006 in Hamburg gegründet und hat seither mehrere tausend Buchtitel veröffentlicht. Autoren veröffentlichen in wenigen leichten Schritten gedruckte Bücher, e-Books und audio-Books. tredition hat das Ziel, die beste und fairste Veröffentlichungsmöglichkeit für Autoren zu bieten.

tredition wurde mit der Erkenntnis gegründet, dass nur etwa jedes 200. bei Verlagen eingereichte Manuskript veröffentlicht wird. Dabei hat jedes Buch seinen Markt, also seine Leser. tredition sorgt dafür, dass für jedes Buch die Leserschaft auch erreicht wird.

Im einzigartigen Literatur-Netzwerk von tredition bieten zahlreiche Literatur-Partner (das sind Lektoren, Übersetzer, Hörbuchsprecher und Illustratoren) ihre Dienstleistung an, um Manuskripte zu verbessern oder die Vielfalt zu erhöhen. Autoren vereinbaren direkt mit den Literatur-Partnern die Konditionen ihrer Zusammenarbeit und partizipieren gemeinsam am Erfolg des Buches.

Das gesamte Verlagsprogramm von tredition ist bei allen stationären Buchhandlungen und Online-Buchhändlern wie z. B. Amazon erhältlich. e-Books stehen bei den führenden Online-Portalen (z. B. iBookstore von Apple oder Kindle von Amazon) zum Verkauf.

Einfach leicht ein Buch veröffentlichen: **www.tredition.de**

Eigene Buchreihe oder eigenen Verlag gründen

Seit 2009 bietet tredition sein Verlagskonzept auch als sogenanntes "White-Label" an. Das bedeutet, dass andere Unternehmen, Institutionen und Personen risikofrei und unkompliziert selbst zum Herausgeber von Büchern und Buchreihen unter eigener Marke werden können. tredition übernimmt dabei das komplette Herstellungs- und Distributionsrisiko.

Zahlreiche Zeitschriften-, Zeitungs- und Buchverlage, Universitäten, Forschungseinrichtungen u.v.m. nutzen diese Dienstleistung von tredition, um unter eigener Marke ohne Risiko Bücher zu verlegen.

Alle Informationen im Internet: **www.tredition.de/fuer-verlage**

tredition wurde mit mehreren Innovationspreisen ausgezeichnet, u. a. mit dem Webfuture Award und dem Innovationspreis der Buch Digitale.

tredition ist Mitglied im Börsenverein des Deutschen Buchhandels.

Dieses Werk elektronisch lesen

Dieses Werk ist Teil der Gutenberg-DE Edition DVD. Diese enthält das komplette Archiv des Projekt Gutenberg-DE. Die DVD ist im Internet erhältlich auf **http://gutenbergshop.abc.de**